张广智 ◎ 著

中原出版传媒集团
中原传媒股份有限公司

大象出版社
· 郑州 ·

图书在版编目（CIP）数据

豫东　豫东／张广智著.— 郑州：大象出版社，
2019. 1（2019. 4 重印）
ISBN 978-7-5711-0128-2

Ⅰ. ①豫…　Ⅱ. ①张…　Ⅲ. ①散文集—中国—当代
Ⅳ. ①I267

中国版本图书馆 CIP 数据核字（2019）第 005643 号

豫东　豫东

YUDONG　YUDONG

张广智　著

出 版 人　王刘纯
责任编辑　李建平
责任校对　张迎娟　马　宁　张英方
装帧设计　曹永彬　程青梅　马一飞

出版发行　大象出版社（郑州市郑东新区祥盛街 27 号　邮政编码 450016）
　　　　　发行科　0371-63863551　总编室　0371-65597936
网　　址　www.daxiang.cn
印　　刷　河南新华印刷集团有限公司
经　　销　各地新华书店经销
开　　本　890mm×1240mm　1/32
印　　张　10.875
字　　数　173 千字
版　　次　2019 年 1 月第 1 版　2019 年 4 月第 2 次印刷
定　　价　58.00 元
若发现印、装质量问题，影响阅读，请与承印厂联系调换。
印厂地址　郑州市经五路 12 号
邮政编码　450002　　　电话　0371-65957865

序一 | 闲庭信步"喷空儿"

王守国

　　因换届年龄要求不能再被提名为省政协领导，却又未到退休年龄，这本是一个很微妙、很难界说、有点"真空"意味的特殊时段，张广智先生却举重若轻地用"休而不退"概括，于风趣幽默中彰显智慧从容。他说，由于是"休而不退"，在操心河南文化旅游事业的同时，有了比较多的空闲写写自己以前想写而没有时间写的"作业"。这当然是他的自谦。

　　手不释卷、勤于笔耕是广智先生一以贯之的雅好和标识。在曾经工作过的多个领导岗位上，不管公务多么冗杂繁忙，他始终没忘记写"作业"。古人有"三上"读书的乐趣，广智先生不仅"三上"读书，还在"三上"构思他的律诗与长短句，多年积淀下来，收获了沉甸甸的《稼穑集》。

　　现今时间宽裕了，能够从容淡定地阅读写作了，广智先生厚积薄发，文思泉涌，离开领导岗位不到一年时间，便把这部形神兼备、色味俱佳的随笔集《豫东 豫东》呈现在我们的面前，速度之快、内容之丰、笔锋之健，令人叹服。

细读这部带露珠、沾泥土、接地气、散发着浓郁生活气息的作品集，可以用多种方式述评。文雅一点，可以说是百炼钢化作绕指柔，是"一语天然万古新，豪华落尽见真淳"，是"满眼生机转化钧，天工人巧日争新"，是"看似寻常最奇崛，成如容易却艰辛"，是"笼天地于形内，挫万物于笔端"。但我觉得更贴切、更生动的还是河南的一句方言："喷空儿"。

我们家乡豫东一带的老人喜欢"喷空儿"。"喷空儿"就是聊天，就像北京的侃大山、四川的摆龙门阵、东北的唠嗑，以一种独具地域特色的形式丰富着人们的精神文化生活。在广播、电视普及之前，豫东农村的夜晚，除了偶尔地放露天电影、唱大戏、说大鼓书，"喷空儿"就是人们最重要的消遣娱乐方式了，夏天在满天星斗的打麦场，冬天在骚哄哄的牲口屋。想把"空儿"喷好，并不容易，借用广智先生的话说，得需要知识博洽、口才便给、富有幽默感。

广智先生口才极佳，小时候听了鼓书就能绘声绘色地复述，为此不少挨父亲的剋，怕他沉迷鼓书而荒废了学业。他高中毕业就当生产队长，后来当工人、上大学、进机关，从大学领导、市级领导一直当到省级领导，阅历丰富，见多识广。他把几十年的所经所历、所见所闻、所学所思，用生动幽默、鲜活生动的语言娓娓道来，这"空儿"就喷得活色生香、引人入胜，让人情不自禁地跟着上瘾。

集中收录的 100 多篇文章，内容丰富，但涉及工作的很少，大多以自身的成长、生活为主线，紧锣慢鼓、劈喉咙哑嗓，缓缓道出了他的家乡源流、亲朋好友、风土人情、萍踪侠影、人生感悟。

豫东平原是块曾经贫穷却又神奇的土地，先秦时期的老子、孔子、庄子等哲人在这里聚集，传统文化的基因深深地融入豫东人的血液里。《豫东 豫东》《柘沟春水》《洼张不洼》等文章描绘出一幅幅生动的豫东风俗画，画里画外蕴含着广智先生对豫东老家深深的眷恋。

若干年前，豫东农村孩子的生活是清苦的，同时也是快乐的。集子中用不少篇幅回忆儿时的生活：既有红薯吃到胃酸的无奈，8 岁开始编席补贴家用的艰辛，也有斗鸡、摞瓦、垒瓜园的快乐，既有挑土挖河的苦累，也有 16 岁当生产队长的意气风发，活脱脱是一个农村少年的"成长日记"。

作为恢复高考后的第一届大学生，负笈汴京，到河南大学读书是广智先生人生轨迹的一个关键转折点，他沾满泥土的双脚从此站在了城市的柏油马路上。河南大学的师生都自称是"铁塔牌"，"铁塔牌"的广智先生用饱含深情的文字写他的读书生涯，写他的老师，写他的同学，写他后来的同事和先前的长辈、发小。记忆力过人的广智先生不仅能准确记忆点滴细节，而且擅于抓住人物个性特征，摹形状物，寥寥数笔，活灵活现，勾勒出了几个时代的"群英谱"。

从农村出身到农大领导再到农业厅厅长，广智先生的人生轨迹和"三农"结缘很深，所以他屡称"我本农家子"，第一部诗集也以《稼穑集》命名，这部《豫东豫东》写农业、农村、农民的文字占有很大比重。这个和农业、农村、农民打了大半辈子交道、自称"农村老汉儿"的文章达人，不仅在书中绘就了一年四季的农时图，捎带着还画出了农村、城市的草木春秋。

集中妙文多多，我印象最深的是有关读书、游记的文字。广智先生博览群书，博闻强记，尤喜读野史、方志、民俗、掌故等杂书，游历所至，无论省内省外，都对当地的历史文化、风土人情了如指掌，信手拈来，如数家珍。他的一些游记文章不仅记述所见所闻，更把一些人生感悟和哲学思考融入自然、人文风景当中。在圃田泽，他体会到了列子的"冲虚"；在南海边，他感叹"人生岂不正像大海一样，一浪跟着一浪，一波跟着一波，永无停歇"，情景一体，情理交融，别具风采。一位同样酷爱读书的文化官员曾随他到西南考察，归来感叹再三：不出去不知道广智学识之渊博，读书之繁多。广智先生说：回首过往，忙忙碌碌，人间好事，还是读书。他牵头举办嵩山论坛，力倡华夏文明与世界文明对话，主编嵩山文化学术专著《大嵩山》，系统梳理中和文化，赞赏"和而不同"，认同"执两用中"，这种历史观和文化观渗透在字里行间，折射到书里书外。

美文讲究起承转合，美食在意刀法火候。其实，美食在民间，妙文在平常。集中有篇文章叫《刀法》，以蒜泥黄瓜为例，强调黄瓜要拍不要切，蒜泥宜捣不宜剁。就这么简单，刀法该用时不用，不该用时乱用，都不合道。

通读《豫东 豫东》，不见广智先生有丝毫的正襟危坐、高调说教，只感觉他如农村老汉"喷空儿"般的亲切平和、风趣幽默。细品，有味儿；慢读，得劲儿。

2018 年 12 月

（作者系人文学者、河南省文艺评论家协会主席）

序二 | 归去来赋

邵 丽

　　广智兄为人处世都是大哥范儿，我们这些比他晚一茬儿的人，私下里都喊他大哥，而不喊他的职务，他也从不摆什么架子，时间长了，觉得他就是自家寻常大哥。在我的印象中，他每天要处理堆积如山的行政事务，要应酬数不清的俗务，我的意思是，一个人要有多充沛的精力，在处理完那么多的公务和俗务后，还能静下心来看书写作？

　　广智兄干起工作来干净利落，喝起酒来豪爽痛快。在尼采看来，具有酒神精神的人生才是最值得过的，以酒神精神克服人生悲剧的审美，就是在酒神艺术的醉中，通过生命力量的提高而直接面对永恒轮回的人生之痛，从而达到生命自身的美化和欢悦。

　　侠之大者，唯诗与酒。广智兄不但能喝酒，而且能作诗。广智兄上次出版诗集《稼穑集》，我也曾为之作序。今天，他又捧出了这本厚厚的散文集《豫东 豫东》。我用了两天时间，细细读完了这一百多篇饱蘸浓情而又娓娓道来的文章。窗外飘着今年的第一场雪，窗内一杯老茶和一大堆活色生香的生活——虽然是别人的，可是我往往入戏颇深——仿佛在与一个饱经风霜的智者对话。聊到妙处，不禁莞尔。有童趣，有艰辛，有成长，也有落寞。有大开大合的历史回望，也有柴米油盐的百姓日常。我看《豫东 豫东》，仿佛又穿越回自己的青少年时期，毕竟我也生于斯长于斯；我读《编席》，也会为那个被生活负累压迫的少年洒一掬同情之泪。不管是挖河还是看场，无论是《负笈汴京》还是《退休经验》，都让我们感受到一个真实的人和他真实的人生。"不愧天地，不负组织，不怍人民，不累家人"，看似简简单单的十六个字，说起来容易，做起来难。尤其是从一个蓬牖茅椽、绳床瓦灶之家的农家子弟，成长为众人仰慕的副省级领导，需要怎样的胆识、智慧、委屈和担当，确实非我们常人可以度量。

饱满的人生，原不计阴晴圆缺。风轻云淡，宠辱偕忘。日子一天一天顺下来，该哭时哭，该笑时笑，该挨打时挨打，该喝醉时喝醉，便是从容，也是放下。放下需要拿起，而这拿起，应有千钧之重。举重若轻者，长醉复长吟。这是广智兄的人生，也是他的人生态度。在城里当工人的父亲被下放回乡，只带了几张奖状和一支钢笔。结果钢笔在看焰火的时候被挤断成几截，"父亲气得好揍我一顿。……现在钢笔又被我弄坏了，我不揍打谁揍打？"

虽然根本没有什么好散文的客观标准，但是我觉得"散文贵在平实"这句话是对的。其实说穿了，散文就是用文字搭建的生活。之所以散文的精华在于散，那就说明它是生活本身，而生活是散的，只有散，才能令它八面来风。同时，真正的好散文不是用来传播，而是用来交流的。它不是写的别人，也不是写给别人的。它就是写的你，就是给你写的。它是因为能与你共鸣，才因此有价值。尤其是读完广智兄的散文，我更加坚定了这种想法。

2018 年 12 月

（作者系中国作家协会主席团委员、河南省作家协会主席）

目　录

003

卷 一

豫东 豫东

　　豫东，从地理概念上，没有确指。大致应该包括开封、商丘、周口三市。从地貌讲，豫东是平原，有时也说成豫东大平原。大不大呢？三市合起来人口两千多万，有三万平方公里的土地，不可谓不大。平畴如砥，沃野千里。一望无际，远与天接。往东一直到豫、鲁、苏、皖交界处，才有一个海拔156米的芒砀山，虽然个头小了些，但它在历史上的名气却不小，因为它和刘邦、陈胜、孔子、梁孝王刘武等都有关系，历史文化积淀不可谓不厚。你若在豫东平原上行走，会有一种永远走不到头的感觉。路迢迢，野茫茫，过了一庄又一庄，分不清这庄和那庄。有的地名明明叫岗，可你根本看不出它比别处高在哪里。豫东大地上的河流，基本是西北——东南走向，没有山石的阻挡，所以没有大的河湾。我们的所谓湾，和山区的河流比，不值得一提。因为海拔落差太小，河流平缓，水慢慢蠕动，

让人感到脾性懒懒的。每个村庄，大小有一两个十亩八亩的坑塘，下小雨坑都积不满，下个坑满河平，小时候见过不少，近些年是少有的事。

豫东的地理也影响着豫东人的脾性。豫东人口稠密，聚族而居，形成村落，比较注重邻里关系，相帮相扶，能形成向心性。这种向心性尽管克服不了小农的自私性，但容易抱成团。豫东人心胸一般比较开阔，少有丘壑，民间对心眼过多、共事不共心的人非常反感，所以有"你敬人家一尺，人家敬你一丈"的说法。豫东地区尽管是三商之源，但经过了几千年的世事变迁，豫东人过分凝聚了农民的心性，减退了祖先商人的气息，显得老实巴交。农人嘛，表现为安土重迁，过分重视土地，把地当成命一样的东西。有些人一辈子没出过县域，就守着那点儿地。人们之间发生矛盾，十有八九是因为宅基地你多一砖我少一瓦，耕地你多一犁我少一垄。豫东人勤劳耐苦，讲究的是踏实卖力，你骗地一阵儿，地骗你一季儿。人们最佩服的是好庄稼把式，最瞧不上的是好吃懒做的人。豫东民间对孝道很重视，不孝顺老人是被人瞧不起的。我在家乡生活二十年，知道谁要是不孝顺，会被戳脊梁骨的，就是背后被人议论，甚至影响到子女的婚姻。你不孝顺，谁跟你这样的家庭结亲呀！只要对老人好，出了孝名，贫穷点别人也看得起，富了不孝，更被人鄙视。

　　豫东平原的土地肥沃，长庄稼，盛花木，种啥成啥。春天里繁花似锦，农民嘛，不会像城里人去专门侍弄花草，是论收成好坏种的，不是按好看与否而种，但仍然种出了一地的好风景。桃花、杏花、梨花，三株两株的都不算事儿，而是开在桃园、杏园、梨园。至于说柳絮、杨花那遍地都是，都不能算花。夏天，别说其他作物，只说小麦，先呈碧玉海，几场南风一吹变成了黄金海。小麦成熟时节，你到豫东大地走走，除了村庄就是麦田，都不敢相信这地是一家一户种的，你会怀疑这是大国营农场种的，平展展的，一望无际。听说有个好心的美国人担心谁来养活中国这么多人，你让他来这儿，站在豫东麦田里，他非笑死自己不可。秋天，地里种的主要是玉米、大豆，啥叫青纱帐？往豫东平原看。你爱吃的杂粮，这里应有尽有，绿豆、芝麻、谷子、豇豆、小豆……我不说嘛，种啥成啥。冬天，豫东大地可不是荒凉枯寂，光冬小麦就覆盖了百分之七十的土地。韩愈说"草色遥看近却无"，冬小麦你遥看一片绿，近看是略显稀疏而已。除非下了大雪，一片银白世界，这可是冬小麦日思夜盼的，叫"冬天麦盖三层被，来年枕着馒头睡"。雪是小麦的被子。

家乡的夜晚我觉得不如小时候了，小时候的夜晚，星空是那样的旷朗，月亮是那样的皎洁，"天阶夜色凉如水，卧看牵牛织女星"。现在的夜晚，农村通了电，有些灯光彻夜不熄，把整个夜幕切割得零落不堪。可想一想，农村不通电行吗？出门伸手不见五指方便吗？没有电视，没有冰箱，没有洗衣机，能是小康吗？乡亲们，原谅我的糊涂吧，但也别反对我在心灵深处留下这一点乡愁。

豫东属于冲积平原，论地质年龄，它当然比不上豫西的山脉。要论历史、论文化，年龄也老得很。三皇五帝中的三皇都和这片土地有关。三皇有多种说法，《尚书大传》

中的三皇，指燧人氏、伏羲氏、神农氏。燧人氏，在这里发明钻木取火，今商丘还有燧皇陵，陵旁有火神台，也称阏伯台。伏羲氏在这里建都，发明网罟，上可擒飞鸟，下可捕鱼虾。画八卦，别婚嫁，成为人文初祖。炎帝朱襄氏也在这里建都，他制耒耜，种五谷，尝百草，发明了农业和医学。你想，老子、庄子、墨子、惠子等古代先贤都诞生在这片土地上。连孔子的祖籍也是宋国栗邑（今商丘市夏邑县），孔子的祖茔在夏邑，他曾多次还乡祭祖，现在夏邑还有孔子先茔和夫子还乡祠。

下边分别说说三个市，先说七朝古都开封，那是中国八大古都之一。宋代的东京是世界上最发达、最热闹、人口最多的城市。北宋、南宋加起来有320年的寿延，可不像平常说的积贫积弱，政治、经济、文化、科技都是中国历史上最发达的时期，就是军事上差点，那也只是个表象。韩世忠、岳飞、刘光世、辛弃疾等，名将多了去了，皇帝不想让你施展军事才能，你有啥办法？岳飞都打到朱仙镇了，眼看着要夺回故都，皇帝十二道金牌强召回去。不是你打不胜，而是怕你打胜。现在的开封城下，还有好几座城市的遗存，这当然都跟黄河水有关，也和开封是建在平原上的城市有关。黄河在开封城根儿，离得那么近，说河

床与铁塔尖一般齐，黄河要想淹开封，玩儿似的。但仍然有那么多朝代在这儿建都，并不是那些皇帝脑残，而是因为这里是大平原，占尽舟车之利。那时又没高速公路、高铁，你要把都城建在洛阳，人吃马喂，行政成本得增加多少，更不要说把都城建在西安了。开封能说的太多，所以不多说，有兴趣的可以去翻翻孟元老的《东京梦华录》。

再说周口。周口是水陆码头，发达较早，作为行政建制市晚，比较年轻。但人家管的淮阳老呀，号称天下第一陵的太昊陵在那儿，书上叫太昊伏羲氏，民间叫人祖爷，号称羲皇。人家管的西华老呀，盘古在那里开天辟地，混沌初分。女娲在那里炼石补天，抟土造人，号称娲皇。人家管的鹿邑老呀，那是李聃的老家，道教教主。只要场合无碍，鹿邑人往往会笑着来一句：老子是鹿邑的，模糊着自己和老子的区别。

我是商丘人，谦逊点，最后说商丘。我自己平庸得紧，但商丘可不平庸，有许多历史上著名的乡先贤，没法详说，约略地说。商丘是商部落兴起之地，是商的早期都城之一。商人、商品、商业发源于商丘，"三商之源，华商之都"可是商丘的名片。旧石器时代的燧人氏，在这里发明人工取火，至今尚有燧皇陵、阏伯台在。新石器时代的炎帝朱襄氏、颛顼、帝喾等先后在这里建都，现在还有许多遗迹和地名做着无声的记录。商丘是古宋国，是微子的封地。宋国也当过春秋时期的小霸主。汉代商丘属于梁孝王刘武的封地，刘武是汉景帝的胞弟，在平定七国之乱时立功极大。他营造梁园，招揽才俊，枚乘、邹阳、庄忌、司马相如等都曾在梁园盘桓唱和，形成了汉代颇具影响的文学团体。唐代商丘称睢阳，安史之乱时，睢阳是江淮屏障，张巡和许远在内无粮草、外无援兵的情况下，死守睢阳，有效阻遏了叛军南犯，保证了唐朝江淮地区的安全，为唐朝赢得了难得的喘息机会。宋朝龙兴于商丘，所以赵匡胤黄袍加身后，定国号为宋，把开封叫东京，把商丘叫南京。就是南宋的第一个皇帝赵构，也不忘先在商丘举行登基仪式后，再夹着尾巴往南跑。明朝时，商丘称归德府，说有一天候朝时，大家待漏聊天，一江西官员说：天下文人半江西。一商丘官员接口道：小小归德四尚书。那江西官员就不接话了。老商丘县城，是一座颇具底蕴的历史文化名城，目前正在整修，相信参观游览商丘古城，了解在那里生活过的人、发生过的事，会像在读一本厚重的史书。

豫东，豫东，那一望无际的大平原，是我魂牵梦绕的地方。

柘沟春水

我的家乡柘城，是豫东平原上一个普普通通的县，一千多平方公里面积，一百多万亩耕地，一百多万人口。论农业，辣椒有名，三樱椒是国家地理标志产品，独此一家。论工业，有金刚石微粉，占全国总产量的 70% 以上，占全国总出口量的 46% 以上。你说我那些世代务农的乡亲父老，硬是要打金刚钻，揽下瓷器活。

柘城以有柘沟环流而得名，柘沟以两岸遍是柘树而得名。柘树可以养蚕，养蚕能吐柘丝，据说柘丝质量高于桑丝，秦时因以设柘县。《史记》载，秦末陈胜、吴广在大泽乡起义，攻下蕲（今安徽宿州）、铚（今安徽濉溪）、酂（今河南永城）、苦（今河南鹿邑）、柘（今河南柘城）、谯（今安徽亳州），到陈（今河南淮阳）建立张楚政权。到隋开皇十六年 (596 年)，定名柘城县，后来虽有置废，但仍可称得上是一个千年古县。

柘城从秦往上追，可辉煌得紧，夏称"株野"，商称"秋地"。西周时妫满作为舜帝之后，封于陈，始建都株野，即现在的柘城县胡襄镇，后迁都宛丘，即现在的淮阳县。

妫满就是陈胡公，陈胡公是陈、胡两姓的始祖。东周春秋时期，著名的宋楚泓水之战就发生在柘城，以楚胜宋败结束，泓水之战遗址在县北30里处。

据史料记载，大概6000年前，炎帝朱襄氏建都于朱，死后也葬于朱，朱就是柘城。《后汉书·郡国志》有："陈有株邑，盖朱襄之地。"《元和郡县图志》有："柘城县，本陈之株邑。"《太平寰宇记》有："柘城县，即古朱襄氏邑，春秋时陈之株野之地。"《河南通志》有："朱襄陵，在柘城县城东10里朱堌，上有寺以守焉。"今县城东大仵乡朱堌寺村，有朱襄陵，陵前有大殿，历代享受祭祀。据史料记载，当时风雨不调，草木不遂，迟春而黄落，盛夏而疟痎。朱襄氏制五弦瑟以调和阴阳，使百姓安居乐业。据说朱襄氏活了109岁，死后，当地老百姓为了感念他，都来给他坟上添土，以至筑成了一个很大的坟丘，像山一样，又陵前有寺，村即名朱堌寺。陵前有一棵皂角树，据说是明惠帝朱允炆手植。朱允炆被叔叔朱棣篡位，率亲族逃难，路过始祖朱襄氏陵，进行了祭拜，并亲手栽下皂角树以示纪念。追随惠帝的有些人想留此地隐居，又恐遭追杀，只好隐姓埋名，对"朱"字进行了改造，说是朱字不出头，人字站旁边，这就是朱襄陵所在地大仵乡的"仵"

字了。

　　"柘沟春水"当年曾是柘城八景之一，柘沟今已湮没无存，当然也看不到柘沟里的春水了，但尚有一个近两平方公里的容湖，碧波荡漾，鱼跃鸢飞，是人们休憩的好去处。县城的春水路，是最繁华的街道，白天街上的人流，晚上路两边的霓虹灯，也像柘沟的春水，在不停地流着，在多彩地流着。

霸岗风台

　　我的家乡是柘城县伯岗乡。伯岗可是柘城最西边一个乡，再往西就是太康境，再往北就是睢县境，你一想，我家就地处僻壤。

　　柘城的名胜古迹，号称"七台八景"。伯岗竟能各占一席：七台之一，即凤凰台；八景之一，即霸岗烟柳。

　　凤凰台又称宝台，上有宝台庙，地址在北王庄。我小时候曾去看过，台很高，庙还有两进院落，几通碑碣。庙里供奉的是哪方神灵，碑碣上记载有哪些内容，已了无印象。凤凰台离我们村不远，约有七八里路，中间没有村庄，所以出村就能看到。我本家一个叔视力不好，有人问：能看见宝台庙不能？答：恁远，看不清。又问：能看见你媳妇不能？答：能。因为婶子就在他前边走着。有人告诉他说，宝台庙看不到不要紧，只要能看清你媳妇，不耽误过日子，立即笑声一片。我知道宝台庙有庙会，远近闻名。逢会时红男绿女，人山人海，据说把凤凰都吸引来了，所以宝台庙又叫凤凰台。现在的凤凰台，说是只有两间小庙了，那台子因周围老百姓用土，已基本削为平地了。想那昔日巍峨的高台，每天出村就能看见，如今连凭吊一下的兴趣也没有了。

伯岗古代叫霸岗或霸王岗，这和项羽有关。当年楚汉相争，项羽屯兵于藏里寺，按康熙年间县志，藏里寺离宝台庙不远，今已无存。演兵于楚台，楚台又称楚王台，即现在的慈圣镇后台村。兵败后退兵于霸王岗，即现在的伯岗。现伯岗南门内尚有一高台，传说就是霸王岗。项羽兵败至此，正值柳絮飘飘，翻飞如雪，刘邦的军队什么也看不清，只好撤兵，项羽才避免了全军覆灭的命运，从此也留下霸岗烟柳的名胜。邑人夏丽亭有诗云："八千子弟不还乡，逐鹿伊谁佐霸王。绝代雄图随逝水，只余烟柳满高岗。"清人窦玉奎也有诗云："力拔山兮气自扬，英雄空自悲天亡。至今烟柳犹余恨，风雨潇潇泣数行。"

霸王岗上的柳树救过项羽，就出了名，就有了灵性。说一个老者，用从霸岗上砍的柳棍挑一担萝卜去西乡卖。萝卜是卖完了，但阴雨连绵，被阻在店里回不了家，卖萝卜的钱都花光了，还欠店家几天住宿费，满面愁容。这时店家走来问何时出货，老者说出啥货，萝卜早卖完了。店家指指老者手里的柳棍，问这个多少钱卖。老者说，这个你要？心里想这柳棍还能卖钱，就随便伸了五个指头，想着给五个钱算了。店家说，五根金条，好，我买了。老者心想，欠人家几天店钱，人家都没催过，咱一根破柳棍能要人家五根金条？就用手又比画了一下，店家明白了，要十根。一说，老者更急了，顾不得解释，又比画了一下。店家一看，噢，要五十根，我柜子里只有三十根，看来要不成了。一边站着的客商说，这霸岗柳，五十根金条我要了。

伯岗是乡所在地，我们寻常叫集上，我们村到伯岗四里地，我初高中都在那里读书。伯岗乡，伯岗乡，那就是我的故乡。

洼张不洼

豫东平原上的村名很有意思，高一点叫岗，低一点叫洼。岗看看也没高哪里去，洼看看也没低哪里去。我们村西边是伯岗，东边是郭岗，北边有牛洼，南边有翟洼。我们村的名字很搞笑，把洼字放在前边，叫洼张。我从小就觉得应该叫张洼，好在挨边还有个小村叫洼王，心里稍平顺些。

我们村人都姓张，当然指的是男性。说祖上是从太康那边迁过来的，太康那边又是从山西洪洞县大槐树下迁过来的，从小就听大人说，一看小拇脚指甲就知道是不是大槐树下的人。一看，是，咱是。

我们村有2500多人，平常在村里，自己人闹气，自己人打架。闹得不搭腔、打得出人命的事，也不是没有发生过。但逢到跟外村人打架，本村的人出奇地一致，拎起家伙就上，所以四外村，姓杂，都不太敢惹俺村。后来知道，这叫兄弟阋于墙，而外御其侮。

村里出过一个秀才，大家都叫他秀才爷。余生也晚，没见过这个秀才爷，到现在也不知道他的名字，按辈分他属于太爷辈的。据说，当年村里有了大事，他可以直接去找县长。小时候一听大人说这个，内心很是羡慕。

村里原有一座土地庙，不大，塑有土地爷的像，模样已模糊了。村里人不论什么事情，想起来就去烧张纸，点炷香，磕几个头，把想说的事给土地爷背一遍，求个心安。土地庙不知是什么时候被扒掉的，为什么扒掉的，反正是没有了。

从记事起村里就没有发生过大事。最大的事，也就是谁家娶媳妇了，谁家打扮闺女了，放一挂鞭，动静大点的，放三眼铳。要是同一天有两家或多家娶媳妇，那就争取最先娶到家为好，吉利。再就是死人，我们那儿年轻人、小孩子死叫死，老人死叫老，谁谁老了，就是死了。办喜事只通知亲戚邻居，办丧事除通知亲戚，子女还要戴孝走遍全村，见大人就磕头。城里人叫讣告，农村人叫报丧。办丧事是活人眼目，排场不排场，与老人已没有关系了。

过年的时候最热闹，天不明就有鞭炮响，天一明，全村串着拜年。家家高烧红烛，蒸馍煮肉，真是乡下人难得的欢乐。正月十五放的焰火，都是本村人自己制作。农村人过年，把腊月二十三叫小年，那是序幕，春节是高潮，正月十五是尾声，放烟花，好像写文章的豹尾。小时候，有一次看焰火，在人群里挤揣一个晚上。老父亲在工厂当劳模时奖励的一支非常漂亮的英雄牌钢笔忘了从袄兜里掏出来，结果被挤断成几段，父亲气得好揍我一顿。我知道父亲生气，他当几年工人，年年先进，1962年下放回乡当了农民，就剩几张奖状和一支钢笔，现在钢笔又被我弄坏了，我不挨打谁挨打？那支钢笔真好使，弄坏了心疼得不行，我自己都想打自己。那是平生觉得最应该挨的打。

一年到头，其他节日再没什么动静，清明呀，端午呀，七夕呀，中秋呀，冬至呀，腊八呀。中秋个别年能吃上一口月饼，冬至不论荤素能吃上饺子，为了不冻掉耳朵。其他节日过了就过了，没有啥动静。

村里没有大树，有几棵大树在大炼钢铁时砍了。现有的就是平常的杨树、柳树、楝树、槐树、桃树、杏树、梨树、枣树。村里最多的是槐树，开花时几里地外就能闻到甜丝丝的清香，回家还可以吃到蒸的槐花。

村里有三个坑，叫南坑、西坑、东坑。我家靠近东坑，坑旁有一口井，大人不让我们靠近，恐失足落下，要了小命。但没人时，我们也战战兢兢趴在井沿上看水面上自己的倒影。坑旁有一蓬紫藤，我们叫葛花，我们经常钻下边捉青蛙。蹑手蹑脚靠近，猛地扑过去，逮住一只，其余的被惊得三下两下蹦到水里，我们就高兴得手舞足蹈。

高中毕业那一年，不知道全县还有老王集一棵老柘树，也说不出洼张能洼到哪里去，春节时就编了一副对联贴在大门上。上联是"柘城无柘好栽杨柳万株"，下联是"洼张不洼能蓄良田千顷"，横批是"家乡信美"。因为我家临着大街，这对联很让乡亲们议论了一阵儿。结论是，咱庄还不赖哩！

我们村是自然村，还不是行政村，是村民小组级的，也就是当年生产队级的，告诉你，我可当过生产队长，当时年方二八，在村里也曾吆五喝六过。

蒋 河

人们回忆起家乡，不论大小，村边总少不了一条河，村庄与小河似乎成了家乡的标配。我的家乡村边也有条河，在村的西南角，呈西北——东南流向，叫蒋河。它从杞县、睢县那边流来，到县城西汇入惠济河，惠济河又汇入涡河，涡河又汇入淮河，我们是淮河流域。

蒋河是名不见经传的小河，我查了柘城历代县志，竟找不出一处记载蒋河的，倒是睢县县志中还有几处提到。真是家乡的那条小河了，小到没有户口。

我小时候很不喜欢蒋河这个名字。怎么叫蒋河呢？凭什么姓蒋呢？又不是蒋介石给挖的。后来我问过一些人为什么叫蒋河，没有人能回答上来。我从史料到地理作了一番考证：因为蒋河上游有三条小河，流到睢县白楼乡汇成了一条河，汇合处有大蒋楼村和小蒋楼村，故而把村边流经的河叫蒋河。谁要是说我说得不对，你给我个说法，我服你。蒋河从睢县白楼乡一出县境，就流入了柘城县伯岗乡，就流经了我们村头。

蒋河虽不是巨流，但逢暴雨时，也是河水湍急，盘涡咆哮，裹挟着杂草树枝，毙猪死羊，汹涌而下，很有点令人生畏的气势。等雨停了，水势缓了，小伙伴们就下河游泳，那要比在村中坑里游畅意得多。我只在岸上助威，不敢下河，担心回家挨揍，奶奶啥都护着我，就不准下河洗澡这一点，从没让过步。即使大水下去了，河里经常还存有没膝深的水，不怎么流动，看着是静止的，水很清，能看得见水里丛生的杂草和小鱼虾。小鱼虾机灵得很，我们逮不住，有时就拔水杂草背回家，弄得满身腥歪歪的。可那草猪羊都不喜吃，只好晒干当柴烧。

有一年天旱得很，蒋河断流了，河床存了

最高豪的红
穿过多少风
多少露珠
我才上升到这样的高度
丁酉秋于郑汝傑

一坑一坑的水。我和几个小伙伴掂着桶、盆，到河里打了堰，把水舀干，坑里就有不少小鲫鱼在扑腾。一天下来，我们竟捉了大半桶回去。母亲用油煎了，吃着很香，只是刺太多。北方人不爱吃鱼，也不会吃鱼，所以河里鱼那么多，大人们也不去捉。

我觉得最惬意的是在河坡上放羊。河坡草多，放开缰绳，让羊自己吃去，不担心它偷啃庄稼。这时你可以拿本书，坐下看，躺着看，看累了，用书盖住眼睛眯一会儿。如果有小伙伴在一起，可以玩各种游戏。还可以对着河水，比谁扔坷垃扔得远，捡个瓦片，比谁打水漂打得多。要不然，就逮蚂蚱、捉蝴蝶，营生多得很，就看你的兴致。夕阳西下时，各人牵着自家的羊，说笑着回村，羊们欢跳着，发出吃饱后的咩咩声。现在想起来，也是一幅幸福的夕阳牧归图。

蒋河就在我们村和伯岗集中间，我在伯岗读了初中和高中，往返都要过蒋河。蒋河水，留下了我无数懵懂的身影，见证了我求学路上的艰辛。我是从家乡那条小河出发，走到惠济河，走到黄河，走到县城，走到省城的。我梦想有一天，拿一本我自己写的书，带着满面风霜，在蒋河的河坡上，在蒋河的臂弯里，或躺或坐，懒洋洋地待上一下午，多么的惬意啊！

过 年

今天正月初四，和朋友一起去海南，这是第一次到外地过年，甚至说不上过年，因为春节已过去几天了。以往都是守着单位过年，有时值班都排在大年初一，组织上提倡的就是以单位为家，过年在单位值班，天经地义。和现在不一样，现在是强制性休假，如今退休了，似乎取得了异地过年的资格，故有今日之行。

高中毕业回乡务农，那就是回家，逢年过节只守着家。

刚参加工作在县针织厂，那就以厂为家。有一年春节，和另外几个人留下看厂，天降大雪，异常寒冷，大家在食堂围在一起吃饺子，有说有笑，虽然自己放弃了和家人团聚的机会，但是换来了全厂职工得享天伦之乐，值得。

后来到河南农业大学工作，每年正月初一安排有团拜会，团拜会后，我作为校党委书记，还要去看望节日值班的人员，也算是以校为家了。

在省农业厅工作期间，每年正月初一也安排有团拜会，场所一般安排在居住老同志最多的家属院，大家拱手抱拳，互致新春祝福。我作为厅长照例要作简短讲话，讲话内容除了拜年的吉利话，也有过去一年工作的简要回顾，还有对新的一年的美好展望。

在安阳工作时，强调干部交流，一线班子内几乎没有本地同志，为了让大家能回去和亲人团聚，我作为市委书记，作为班长，几次春节留安值班。

后来到省政府、省政协工作，也都排春节值班，不可能有时间去外地过年。

现在没有那份责任了，可以优哉游哉了，走，去海南，去吹南海的风，去沐椰林的雨，去海南看看那里的春节咋个过法。

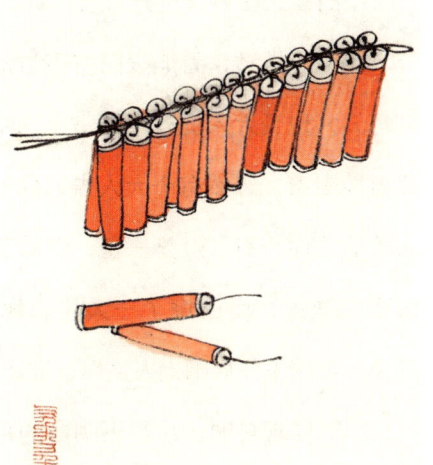

爆竹聲中一歲除春風
送暖入屠蘇千門萬戶
曈曈日總把新桃換舊符

荊公句

人生粗暫煙消紙散
再爆煌煌如人物有時看。
不過一聲炮竹而已
丙申暮冬寫於鄭州
紙上放炮也 馮碟又記

023

元宵节

今天是元宵节，民间也叫灯节。元宵节观灯，是普遍的风俗。

当然，最热闹的是宋朝的东京，辛弃疾在《青玉案·元夕》中写道："东风夜放花千树，更吹落、星如雨。宝马雕车香满路。凤箫声动，玉壶光转，一夜鱼龙舞。"场面之热闹，读之如身临其境。今天的开封，每逢元宵节，也是火树银花，加上现代科技，各种灯争奇斗艳，目不暇接，更是一番似锦的繁华。

小时候，在老家过元宵节，看焰火，打灯笼。那时节，年龄小，个头矮，看焰火时挤不过成年人，总盼着长大。打灯笼，也受大人捉弄。最常见的是，你正打着灯笼小心翼翼地走着，忽然有个大人告诉你说：哎呀，你灯笼底上沾的啥？你一看，灯笼一歪，燃着了。大人看真着了，赶快帮你吹灭，可已烧了一大片。你尽可以委屈，可以放声哭，但挡不住周围大人笑你，谁让你笨呢。

小时候观灯时，最想不明白的是走马灯，它为什么一直跑呢？又没通电，又没东西推它拉它。后来才知道，是蜡烛燃烧时产生的热气流在上升过程中带动的。

　　元宵节的标准吃食就是汤圆，所以也叫元宵。现在有速冻汤圆，不过元宵节也可以常年吃到元宵，只要你胃口好，血糖不高，尽兴吃。

　　"月上柳梢头，人约黄昏后。"那是青年人谈恋爱时的元宵节。小时候，在村里不用邀约，打着灯笼到街上，小伙伴们一会儿就聚齐。谈恋爱的年龄，已到城市工作。那些年，很少有灯展，很少放焰火，就不记得过过很像样的元宵节，更没有一点浪漫的回忆。

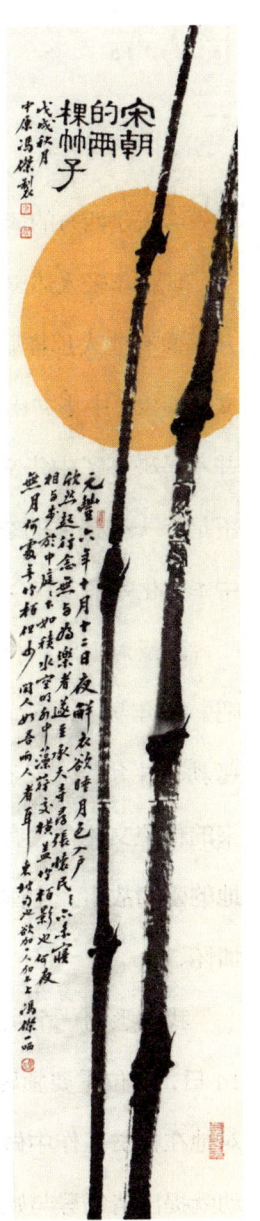

情人节

今天是西方的情人节。

现在年轻人热衷过西方的节日，我的态度是顺其自然，并不像有些人那样坚决排斥，甚或痛心疾首。节日是一种文化现象，中华文化中，外来的东西很多。这些外来文化，并不是破坏了中华文化，而是丰富了中华文化。如果我们不是持一个开放的态度，去拥抱、接纳、吸收外来文化，中华文化就不会有今天的灿烂辉煌、博大精深。

我反对食洋不化和盲目崇拜，年轻人过情人节，就过吧。青年男女，欢欢乐乐，高高兴兴，青春洋溢，朝气蓬勃。中华民族又不是一个绷着脸的民族，从《诗经》以来的传统文化中，有无数的爱情诗篇，有数不清的感天动地的爱情故事。中国人充满爱的情感，中国人有的是浪漫情怀。

我熟悉的一个女企业家，企业做得不错。有一年2月14日，一位重要领导人去她的企业视察，对企业的发展、对她在扶贫工作中做出的贡献，都很满意。于是，她一激动就提出请领导与她企业的班子成员照个相。领导说，现在不是不让照相了吗？女企业家还是不死心，不依不饶，领导问，为什么坚持要照相呢？她一慌，说因为今天是情人节。领导一听就笑了，说，情人节啊，那就照吧。

我还赞成过感恩节，中国似乎没有一个专门的感恩节日。我看每年收到的感恩节的短信，没有一点西方色彩，这个节日，似乎一引到国内就被同化了，让人们知道感恩，多好啊。

我对有些人热衷过圣诞节，不怎么看好，因为这是一个特殊的宗教性节日，你又不是那个宗教的信徒，过这样的节日有些起哄凑热闹。有些人在平安夜，熬得眼红，喝得大醉，恐也未必知道圣诞节是怎么个来历。

在全球化的今天，经济要交流，文化要互鉴，是一个大趋势，没人阻挡得住。我们应该保持一种积极开放的心态，去迎接和利用这个大势和机遇，使中华文化在世界舞台上绽放出更加耀眼的光彩。

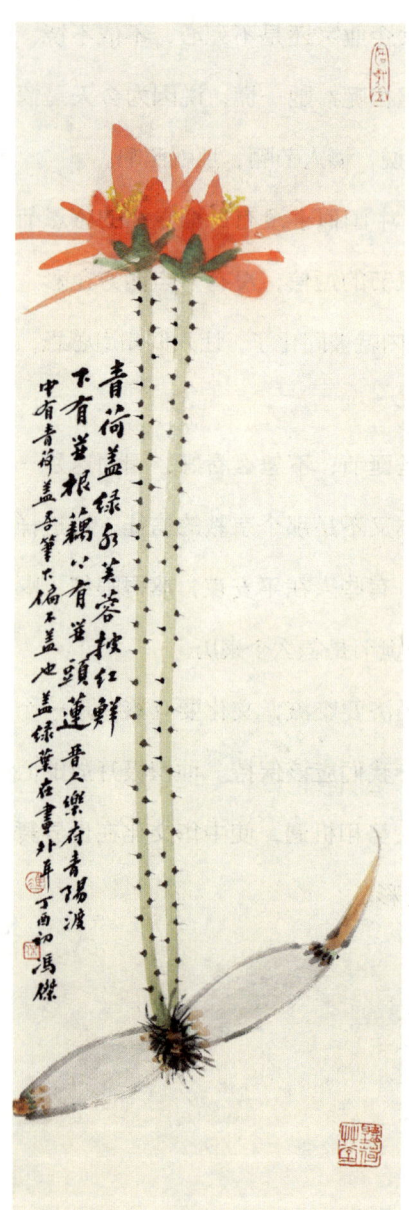

青荷蓋綠水芙蓉披紅鮮
下有並根藕上有並頭蓮
晉人樂府青陽渡
中有青荷蓋弄筆不偏不蓋也蓋綠葉在書外耳
丁酉初馮燮

熬 年

　　熬年，也叫守岁，就是除夕这天，要熬长夜，甚至通宵不睡。这种风俗的产生和流布，有关的民俗书籍中记载内容大致相同。说是很早以前，山中有一种凶猛贪婪的怪兽，叫年。每逢除夕都要下山祸害人间，人们非常惧怕，后来发现年非常怕火怕光怕响声。为了防年，就在除夕夜明烛高烧，爆竹声声，通宵达旦，值守不眠，这就是熬年。和这个传说有关的词有年关、过年等。

　　甲骨文中的"年"字和农事有关，是人负禾的形状，会谷熟之意。过年的喜庆，是贺今年之丰，祈明年之裕，过年应该是谷熟节的庆典活动。其实人们世代相传，约定俗成，就是这么过的，图个热闹喜庆，没几个人去问为什么过年、啥时候兴的过年、外国人过不过年。

　　慌着过年的，都是我们小孩子，现在想来，大人们未必渴盼着过年。那时候生活不富裕，手里没钱，过年要置办年货，置办年货需要钱，这花钱和没钱的矛盾小孩子不知道，但大人闹心。小孩子只盼着有好吃的，有新衣服穿，有鞭炮放。腊月二十三小年过后，经常听到大人们见面好问："年货办齐没有？""快了，到年三十就齐。放心，铆不年后头。"年三十就是除夕。

天刚擦黑儿，就见奶奶在天爷桌上燃着两支可通夜不熄的大红蜡烛，摆上满桌的供品，自己跪下磕头作揖，口中念念有词，但我们听不清内容，我们只管看。后来我问奶奶磕头时说的啥。奶奶说：过年了，愿意愿意，给先人说，现在日子过得好，吃穿不愁，请他们回来一起过年，保佑全家以后日子安然。我一听来了精神，又问奶奶：你没说共产党领导好，国家很富强？奶奶觉得有点遗憾地应我：没说。你们也没教我，我不会说，说了他们也听不懂。我一想就是，奶奶不识字，奶奶懂。没听说那些先人有识字的，他们难能听懂。

奶奶拜过祖以后就吃年夜饭，有白馍，有肉，有饺子，还有其他好的吃食，放开吃。之后是全家人坐下来说话，听奶奶说些往事。说着说着，我们小孩子先睡着了，早把白天和小伙伴们发誓熬通宵的牛皮带梦里去了。

有一次回家过年，我把将要淘汰的十四寸电视带了回去。晚上看春节晚会，电压不稳，画面不清，但奶奶看得饶有兴致，问我那些人是不是在郑州演的，我说不在郑州，在北京。奶奶啧啧称赞：这会儿人真能，用广播离多远都能听见，这电视离北京几千里地，还能听声儿，还能看人儿。有了电视，熬年变得不那么枯燥了，但熬通宵仍没有过，真正熬通宵的是那两支高高的红蜡烛，从除夕燃起，到新年的早晨，一直跳动着它那烈烈的火苗，预示着日子的红火，把新年旧岁连缀得严丝合缝，分秒不差。

　　熬年没有熬过通宵，但每年到除夕，还是乐意去熬，还是想来个通宵不眠。

编 席

编席打篓，养活几口。20 世纪六七十年代，我们村几乎家家都编席，赚几个钱贴补家用。否则光靠生产队分的口粮，难以卒岁。你算算，一领席，一丈长，五尺宽，简称丈五席，卖给供销社，可以赚一块多钱。红薯干是八分钱一斤，一领席的利润可以买十好几斤红薯干，几乎是一家人两天的口粮。

起先，我家是不编席的。因为这门手艺流行时间晚，父母亲年龄大了，都不会，即使硬学会编，速度也上不去，吃不成这碗饭。当年我八岁，在邻居家看人家编席时间长了，觉得自己也会了。回到家，告诉奶奶说，我学会编席了。奶奶大笑，说：孩子，那是大人干的活儿，你小孩家咋行？玩去吧。但我觉得自己能编成，想做给奶奶看。我家自留地里有个水坑，长的是芦荻。芦荻比芦苇略细，但柔韧度比芦苇还好。我自己动手把家里的两捆芦荻用刀子破成篾子，洒上水洇着。这中间手上已划破五六处伤口。难的是，篾子洇好后，还要用石磙反复碾轧，碾熟了才能编。我力气小，推石磙是不行的，大人碾篾子也不推，而是拄一棍子，两脚站在石碡上蹬，把生篾子铺在下面反复碾压，直至碾熟。开始我勉强能蹬动，不老练，很吃力，时间一长，居然也能自如地把石碡蹬转起来。

篾子碾熟后，就在院子里画了席印子，开始编起来，用两天时间，还真编成了一领席。只是长宽掌握不当，宽度不够，长度太长。父亲笑着说：你编的这不像席，像是芡子。但全家还是很高兴，觉得自己家也有个会编席的人了。

父亲从生产队领了一捆苇篾子，据说是从新疆运来的。父亲在堂屋里腾出地方，画了丈五席标准的席印，从此开始了我的编席生涯。开始三天能编一领，后来两天能编一领，上初高中时，一天半能编一领。那时的星期天正巧是一天半时间，是星期六下午和星期日，我常觉得这就是特意为我编席安排的。

编席真是一个苦活儿。编时，你需要把腿盘起来，把腰弯下去，头勾下去，否则你无法编。都说水稻插秧的活儿累，但两腿可以直着，身体比编席少叠了一折。年纪太大的人根本干不了编席这活儿。我如果编一天席，腰部麻木得没有知觉，需要好长时间才能恢复。有些时候，小朋友们趴在床上相互踩背，能使之快点恢复知觉。踩上去也是木木的，觉得腰部似乎不是自己身体的组成部分了。

开始编席以后，我的劳动很快成为全家生活的有机组成部分。虽然我自己的积极性很快消减，但那些篾子好像粘在了我身上，怎么也摆脱不掉了。全家生计艰难，决定了我已无法撤退，如果骤然停下来，家中确有断炊之虞。除了上学和睡觉，编席几乎占去了我的全部时间。放学后，我背起书包就往家跑，晚到家了，母亲就问：又野玩去了吧，我见你同学早回来了。我说，俺不一班。书包往床上一扔，就趴下编席。有时晚上，也要吊起煤油灯编，赶活儿呀。最难堪的是，村里有唱坠子书的，为了编席母亲不让去听，央我说，人家明天收席，你去听戏，咱这席就赶不上了。当时心里真有点埋怨母亲。但日子过到这一步能有什么办法呢？父母亲白天要下地干活儿挣工分，晚上成半夜地准备篾子，我手快，只管编，不编就是半拉子工程。

编席的活儿，我一直干到高中毕业，前后有八年时间。说实在的，最后几年我看见苇篾子就头疼，以至于后来自己铺的席，父亲催几次，我光答应就不动手，最后也没编。奶奶给我的弟弟妹妹说：你大哥是咱家出力最大的，受苦最多的，那几年不是他会编席，咱家日子都过不去。

艺不压身，编席往高处说也是一门手艺呀。

挖 河

20世纪70年代，正是农业学大寨的年代。每年冬天要进行农田水利建设，多半是挖河。越是天冷越是要挖，越是下雪越是要挖，叫与天斗，其乐无穷。

1974年的冬天，全县集中挖惠济河。我当时是生产队长，领着队里的棒劳力，大约40人，拉着架车，带着铁锹、襻绳等工具，赶到附近乡的赵庄，我们生产队的任务段分到了那里。挖河没轻活，装车需要大锹挖泥，推车需要胳膊如钢腿如铁，车到半坡，稳不住，滑下来，会出人命。拉车，也需一把牛力，一点不能偷奸要滑，一辆架车，连推带拉三四个人，你要滑人家不给你搁帮，滑出名喽，大伙都看不起你，甚至给你撵回家。耽误挣工分不说，猪肉粉条也吃不成了。

早晨起来，天寒地冻，拉车的襻绳冻得直直的，像根棍子，握在手里，一会儿化一手冰水，浸得疼痛彻骨。大伙儿每人只有一双薄薄的白线手套，很快湿透，半晌才能把襻绳和手套暖干。

天果然下雪了，下雪更不能停工。记得那一天，快竣工了，需要把河床里的泥清一下，显得好看。但河床有积水，结着冰碴儿。清泥必须跳到水里，我是生产队长，肯定带头跳。两只脚站到水里，一下子就失去了知觉，觉得脚没了，走动干活是下意识的动作。清完泥上来，人人嘴唇发紫，抖得说不成话，被人搀扶到工棚里，好长时间才暖过来。那时候毕竟年轻，竟没落下什么毛病。只是不知道，那些年挖的河究竟发挥了多大作用。

后来，我当省农业厅厅长，经常抓高标准农田建设，要求田成方、林成网、路相通、沟相连、旱能浇、涝能排。不过大部分土方工程不再靠人力，而是用机械了。下乡检查工作时，触景生情，会想到那时挖河的场面，我们国家进步了，农民朋友正在稳步奔向小康，作为一个过来人，我感到由衷的高兴。

回忆在农村时的劳动，挖河应该是最苦最累的活儿了，可那时候是年年挖。

看 场

场每个生产队都有，供碾谷打麦用。庄稼从地里收到场里，打碾入仓之前，需要看护，我们那里就叫看场。

看场的都是男劳力，我们小孩子也会跟着去凑热闹。那时候没电，更谈不上看电视、吹空调。家里闷热，要凉快，就随着大人去看场。

看场的夜晚是美好的，大人们把看场时得到的自由自在表达为：那日子，哪儿有风头朝哪儿，天王老子都管不着。我们躺在席上，两眼望着天空数星星。两手摩挲着凉凉的肚皮，因为在家刚吃完两碗蒜汁剩面条，充满闲适的快感。

我们白天疯玩，晚上并不像大人经过一天劳累，想赶快休息。对他们中间的玩笑，我们小孩子也没什么兴趣，我们感兴趣的是听大人讲故事，特别是讲有关鬼的故事，听了害怕，害怕还想听。那时候就知道有《聊斋志异》这本书，没见过。大人总是比小孩狡猾，你越想听他们越不讲，等你央求够了，他们一看队长不在，就开了条件：去偷几个瓜来，不然别想听。所有的大人都一个调门，不讲，不讲。没辙，我们几个小孩只能服从，趁着月色，摸到生产队的瓜园里，按大人指示的标准把瓜偷回来。看我们满载而归，大人们早已从场边井里打出两桶凉水，接过瓜洗了，大家都吃起来。边吃边夸，这几个孩子有种，长大保管有出息。瓜吃完了，大人们满足地躺下打哈欠，没人提讲故事的茬儿。我们怯怯地催他们，他们反而吼我们：半夜了，讲啥故事，明天讲。我们眼看着大人们失信，没一点办法。不一会儿，我们自己也不知不觉睡着了。

　　打麦场上的情景，回忆故乡时，总还少不了它。场光地净时，那里的麦秸垛是我们小孩子冬天嬉戏的场所。场里空地大，可以供我们做多种儿童游戏，少了这片场，就像一座城市里没有一个像样的广场，日子过得该多逼仄呀！

看庄稼

看庄稼，就是看护生产队的庄稼不被人偷盗。这活儿分白天和夜晚，白天妇女儿童都可以担当，晚上非男劳力不可，因为需要睡在地里。

我十四五岁时就把自己当男劳力看了，晚上像个尾巴一样，跟着几个大人到野地里睡，保护集体财产不受损失。一路上都设想，万一有人偷庄稼，该怎样向刘文学学习，该怎样和小偷搏斗，心里充满着神圣感。

那时农村不通电，有月亮的晚上还好些，没月亮的晚上周围一片漆黑，深一脚浅一脚地往野地里走。大人们为了戏弄我们，故意讲闹鬼的故事，并且不准我们睡中间，只准睡边上。往往大人们睡着了，我们心里还在怦怦乱跳，某个方向发出个响动，就以为有鬼，赶紧用被子蒙住头。后来一碰到"鸵鸟政策"这个词，自然就想起当时的窘态来，会偷偷笑自己。

如果天气好，一夜到天明，什么事也没发生。早晨起来，拍打拍打身上的泥土，跟着大人一块儿去上工。可是，如果碰上坏天气就糟糕了。电闪雷鸣，大人们开始争论雨下不下得来：有说下，有说不下。因为这决定了是坚持留下来，还是拎铺盖走人。有时争论还没结果雨已开始下了，夹起席子、褥子就跑。离家远，跑回家是不可能了。最近处就是生产队的社屋，饲养耕牛的地方，也叫牲口屋。人多地方小，有空处都有人。有时赶去住车屋，即放太平车的低矮茅屋。屋是为车盖的，根本没考虑住人，但能遮雨就比外边淋着强。车厢里可以躺两个人，自然轮不上我们。我们只能睡在车帮上，车帮一边一个，每个有五根横樘，间隔距离还不一样。头放哪儿，屁股放哪儿，腿放哪儿，需要搁摸好长时间才能找准位置。睡下了，一夜就不能动了，不带翻身儿的。向外翻就掉车底下去了，向里翻就砸住车厢里的人了。也不能猛抬头，一抬头就碰到屋顶了。第二天起床，要等车厢里的人起来后再起，否则没你的折腾空间。

听人说少林武僧为了练功，在墙上楔两个木橛睡觉，太平车帮睡时间长了，不知是否长功，当时只知道早晨起来有点腰疼脖子酸。现在熬到睡席梦思也腰疼腿酸了，用那年代的话，可能变修了，要不你疼啥酸啥哩。

捉迷藏

童年走失了不知遗落在哪一方禁草深雪

丁酉初秋四十四年後方知於鄭州之夜馮傑又記

看电影

现在有电视守着，很长时间也不看场电影。现在电影院和以前可不一样，高级多了，但仍然很少光顾。

小时候看电影，都是露天的。找块空地，银幕架上，公社放映员自带发电机，当时农村不通电。一村放映，周边村都去看，人山人海。有些年纪大的人，不愿给年轻人挤揣，坐在背面看。那时放正式电影之前，放一两期《新闻简报》，都是中央新闻电影纪录片厂摄制的。一看编号都上千期了，自己才看了几期。累得脑瓜子疼，也想不出没看的那些期的内容是啥。你想，刚看这一期，毛主席接见基辛格，另外时候，毛主席又忙着见谁呢？正片看得最多的是"三战一奇"，即《地道战》《地雷战》《南征北战》《奇袭》，百看不厌，再说也没其他片子可看。男孩子野性，爱看战斗片。看前往往聚在一起讨论：片子打不打？打！打得狠不狠？狠！欣赏水平仅止于此。

片子看的遍数多了，中间好多台词都会背，时不时就随口应用到生活里。譬如："再坚持最后五分钟。""老高又进步了，现在是团长了。"后来，有位老兄当了副县长，要去日本访问，有关部门审批时嫌行政干部太多，说他又不会日语，就别去了。他急了，谁说我不会日语，当场亮嗓："八格牙路，死了死了的。"不过瘾又来一句："塔扒扣的，密西，密西。"审查人员笑翻，缓过气来问他，你的日语是在电影上学的吧！

我们村离镇上四里路，听说镇上有电影，消息又不确切，那时没手机，也没座机，无法打电话确认。宁信其有，不信其无，反正在家也是仰头看星星，啥事儿没有。晚饭后，几个人一起跑到镇上，谎信儿，当天不放电影，回。刚下过雨的路，分不清何处可以下脚，电影没看上，再把鞋子弄湿，不值。我们总结出：黑泥白水紫花路。发黑颜色的是稀泥，发白颜色的是水坑，不黑不白泛紫色的，那才是路，才可以下脚。好容易回到村里，有人问：看上电影没有？看上了。啥片儿？"八里空"——到镇上来回正好八里。问话的人得意起来，给你们说没有，非要去，俩馍跑没了吧。大家都不接茬儿，败军之将，无法言勇，快散了各自回家睡觉，明天的活儿还等着呢。

那时候动静最大的，是看朝鲜电影《卖花姑娘》，要到县城去，还要花钱买票。人们见了，问：看没？答：看了。还没有看的人，觉得还有个大事没办，下决心找老爹要一毛钱，去县城把心愿了喽。

读大学时，我是班里生活委员，负责给同学们发饭票、电影票。饭票都一样多，电影票不一样，位置有好坏之分。特别是正在谈恋爱的同学，不说两句好话，我就当一次法海，票不给你发挨着。关键是谁跟谁正谈恋爱，我懵懂着不知道。你们既然保密，也别怪我不照顾你们，这可不是嫉妒。

现在政府补贴，搞送电影下乡，乡亲们可以在自己家门口舒舒服服地看。片子很多，有战争片、文艺片、生活片、科教片等，但没有"八里空"。

村 戏

　　季节进入初冬，场光地净，农活少了。大队干部和村里几个生产队长商量一下，兑些粮食作为戏资，请说书的来村里唱戏。说书的分两种：一种叫大鼓书，只一个人，一面鼓，一对半月形铜质月板或一对紫檀月板；一种叫坠子，两个人，唱家一手执一双木质檀板，一手击鼓，另一人专拉弦（坠胡），不唱，顶多偶尔接一句，一般两三个字，助助声势。

　　我们那里著名的民间艺人也都有绰号，好像开头都有个"金"字，什么金不换、金嗓子、金老鼠……这前两个好理解，譬如金不换，现在豫剧名角不还有金不换吗？我们经常一起开会，挺熟的。这金老鼠和唱戏有啥关系，现在我也说不出来。

　　有一次，我们村还真请了金老鼠来，开戏前正在队长家吃饭，门口围了好多人。一个二货使劲往里挤，终于挤了进去，猛地一下差点儿摔倒，嘴里嚷着：金老鼠呢？金老鼠啥样？我看那说书的表情并不喜欢人家喊他这个绰号。队长站起来把二货撵走了。不愧为名家，晚上唱的时候，台风稳健，吐字清晰，嗓子带有金属之音，似不用力，就能送出很远，满场都能听清。可惜只唱了一个晚上，估计戏资太贵，村里支付不起。

我们村一般都是请附近的唱家，都认识，戏资不高，一唱八九天，十多天的也有，能说完一部书。如《说岳传》呀，《七侠五义》呀，《彭公案》呀，《施公案》呀，《杨家将》呀，等等，都听过。

小时候记忆力挺好的，听完能把故事梗概记住。有两个老人，都是本门长辈，我该喊爷的。他们年岁大了，受不了天凉，晚上没法去听，由我把头天唱的内容转述给他们，有些唱词也能背给他们听，俩老人很高兴。有一次正比画着说到得意处，正巧父亲从旁边经过，狠吵了我一顿，说我嘴像数"赖法的"一样，长不成出息。父亲吵我是吵我，可不敢对两位长辈不敬，给俩老人说：这孩子贪玩得很，让他写作业，一转眼没影了。后来我想这"赖法的"，应该就是"莲花落"，唱莲花落又和过去讨饭联系在一起，所以惹父亲不高兴。

听村戏就在村中心，像是村广场，受不得冷，熬不得眼，听不了村戏。小时候能听上村戏，等于享受文化大餐。天多冷都能坚持，有故事情节吸引，根本不会瞌睡。大人听戏坐凳子，小孩子听戏就坐地上，浑身难藏住一点热气，尽量把身子蜷缩收紧，支棱好耳朵就行了。

自己村唱戏，我肯定不落一场。附近村唱，我们也去听，但不能占好位置，因为是听白戏，戏资是人家村拿的。为了争位置，常常打群架，小孩子之间打，大人不打。有初一就有十五，到外村我们挨打，到我们村他们挨打，似乎也是一出戏，都是村戏场里的老手，只是互相捞摸两下，多打一拳，少踢一脚，出不了大事，旁边有大人镇着呢。想想，就像小狗一样，瘦得经不起一拳，挡不住见棵树也抬起后腿撒点尿，宣示一下自己的领地，不能免俗耳。从互相听村戏开始，两个村的孩子也能成为朋友，因为有些孩子就是白天在一个学校上学的同学，有时候还能像戏里一样，拢土为炉，插草为香，一块儿拜把子，义结金兰。实际上过不了三天就忘得一干二净。但听村戏毕竟是儿时的重要乐事，怎么也忘不了。

生产队长

我 1973 年高中毕业，刚 16 岁，回村里就捞个官干，当生产队长。让我当这个官，并不是乡亲们看我有什么才干，而是生产队的男劳力这官都干一遍了，有的还不止一遍，"二进宫""三进宫"的有的是。年末岁尾，生产队里开会，现任队长辞职不干，让谁谁推，找不着人接球。不知谁起哄，说让我干，高中毕业，大知识分子，接着大家鼓掌通过。我知道，他们觉得反正让谁干都搞不好，让我干，大不了还是搞不好，对外说总算有队长，比没队长好看些。

这事也太突然了，我没有丝毫心理准备。我父亲给大伙儿说，他小孩子家，开啥玩笑！他不说还好点，一说大伙儿起哄得更厉害，嚷嚷着让我讲话。我看推不掉，只好站起来说：让我当队长，你们别后悔，没有规矩不成方圆，啥事得按规矩办，谁也不能搞特殊，咱们都是亲一窝，为了公家的事，我可是六亲不认，当叔叔当伯伯的不行，当爷当老爷的也不行。会场一下变安静了，我估计已经有人后悔了，会说，这孩子，平常斯斯文文的，怎么说变脸就变脸。因为都是一个家族，我属于辈分最低的。

首先是上工纪律，二遍钟必须到场，晚了活还得干，还扣工分，撂挑子不干，再罚一天工分。干活明确任务，完不成任务扣工分，屡次完不成任务，降低工分标准。分儿，分儿，社员的命根儿。用分儿说话，也算抓住了根本。

有些长辈想给我出点难题，我就给他辩论说理，对方什么时候认错什么时候结束。一次，我们队里一个辈分最长的老爷，他上工晚了一会儿，扣了他的工分儿他不愿意，在地里吵了一架没解决问题。回家吃饭时，我端着一碗红薯，去他家边吃边吵。红薯吃完了，不客气地抓起他筐子里的窝头，夹上辣椒，吃着继续摆理。老奶在一旁笑着说，孩子你天天跟恁老爷吵，我管饭。老爷也扑哧笑了，说：你小子行，扣我的工分，跟我吵架，我还得管你饭。行，我认了，别再跟恁老爷吵了。服了？服了！我说，你这才像个老长辈。几个愣头青想看我的笑话，发现我笑着从老爷家出来，立即作鸟兽散。掰了队里最硬的茬儿，其他人也都听话了。

我明白当干部带头的道理，脏活累活抢在头里干，又不多吃多占，社员很服气。一年下来，粮食产量有大幅增加，社员口粮也比往年增加不少。年终开总结会，大家争相发言，一片赞扬声，我心里也有点小得意。

　　这一辈子县级、市级、省级干部都当过，最小的就是不入流的生产队长，啥级别也不是。但我觉得，那时候是最痛快的岁月，说话办事，一斧子俩橛儿，不瞻前顾后，一门心思干活，一门心思奉献，那才真叫当官。

班 长

　　我是在邻村读的小学，可能我小时候块头大，身体比较壮实，一年级时当了副班长，二年级时竟然当了班长。当班长的活并不多，就是上课下课时喊起立坐下；学校有活动时，整队带队，喊立正看齐齐步走。记得开始几天，我喊起立坐下时，心里还怯怯的，表现在声音上，颤颤的，有时中间还打弯儿，事后只怪自己不争气。

　　过了一段时间，心里不怯了，就喊得顺利了，故意把声音抬高拉长，老师很满意，同学们也高兴，觉得自己的班长嗓门亮。如果我们班下课晚了，其他班同学就围在我们教室前，听我喊起立坐下。

　　放学路上，一个邻村同学跟着我叫我老憨腔。我不理他，他就一直跟着叫，于是就打了一架，他从此不敢再叫了。其实我们那儿说话，讲男要憨、女要尖。男人腔憨有男人味，女人腔尖有女人味。现在把憨叫烟嗓，把尖叫娘娘腔。我抽了好多年的烟，不是烟嗓也早变烟嗓了。

　　那时不知咋的，别的同学个头噌噌往上长，我的个头原地踏步似的，长得很慢。虽然学习成绩很好，和别的同学比，个头太小。到三年级时，只当了个小组长，到四年级时干脆降成一般同学，一直到高中毕业，都是清兵一个豆，憨腔尖腔都没用了。

忠义兄在部队当班长时，他班有个战士叫刘湘冀，我们在一起时，湘冀喊忠义为"老首长"，忠义兄也答应。我问湘冀，忠义当过你的啥首长，你一直喊老首长。湘冀说，班长。我们起哄跟着喊忠义兄老首长，忠义兄就笑。可见班长也不是闹着玩儿的，可以称首长，甚或老首长。

拼音字母

　　我读小学时，比我大些的孩子也正在上初中、高中，大人们基本不识字，因为很少有人上过学。生产队里想找个会计都难。

　　有个小伙伴，很早失去了母亲，跟着父亲生活。父亲是个文盲，一个大字不识，但对儿子上学很上心。用他的话说就是："我不能再让儿子当一辈子睁眼瞎，再怎么难也得让儿子上学。"

　　一天，老子问儿子："上学都几个月了，都是学的啥呀？"

　　儿子答："算术。"

　　"算术，算术是干啥哩？"

　　"算术就是学算账。"

　　"算术好。赶明儿，不能当会计，当个记工员也好。还学哩啥？"

　　"拼音。"因为当时语文课正学拼音。

　　"拼音是干啥哩？"

　　"拼音就是字母。"

"字母，字还有母。字母是干啥哩？"

小伙伴本来就心慌，不知怎样解释了，说："字母就是字母。"

老子一听火了："我叫你上学识字，你胡扯啥字母！"把小家伙裤子一扒，露出屁股蛋子，脱下一只鞋就打了下去。

"b（啵）——"小伙伴念时还拉着长音儿。

老子一听儿子拉着长音的"啵"，以为儿子故意捣蛋，欺负他不识字，更气，又一鞋底下去。

"p（颇）。"儿子带着哭腔念道。

又一鞋底。

"m（抹）。"

又一鞋底。

"f（佛）。"

正逢着我们去喊小伙伴上学，听到哭声、骂声，赶快跑进去，劝大伯不要打了。

大伯停下来，问我："你这孩子听话，我问你，上学都学哩啥？"

"语文、算术。"

"算术我知道是算账哩，那语文是干啥哩？"

"识字哩。"我也拿不准这样回答对不对，所以有些犹豫。

"你看，你看。打他亏不亏？他不跟你们一块儿学识字，说学啥字母。我一打他，他还拿腔拿调地气我，不是那块料，干脆别上了。"

这时我们都明白是误会了，都笑了起来。告诉大伯，学拼音字母，就是为了多识字，识准字。大伯有点不好意思，掏出旱烟袋，点上，用牙齿不全的嘴嘬了一口。

"你们说我打错了？"

"打错了。"我们异口同声地回答。

大伯面带微笑地给儿子抬抬手。

"去吧，不该打你，谁让爹不识字呢。上学去吧，好好学。"

我们搀扶着一瘸一拐的小伙伴去上学。

小伙伴说："你们再来晚会儿，声母背不完，屁股就被打烂了。"

一个小伙伴说："你不应该背声母，应该背韵母，韵母好听点儿。"

挨打的小伙伴反驳说："声母多，韵母多？"

那个小伙伴说："韵母多。"

挨打的小伙伴愤怒地说："那你是想让我多挨几家伙啊！"

小伙伴的委屈，换来了一路笑声。

蟋蟀和蝈蝈

可能我们那个地方过于偏僻，三县交界处，供小孩子玩的东西不多。中国传统中有三大鸣虫，即蝉、蟋蟀、蝈蝈。蝉能鸣时都在树上，有点高不可及，这里不讲了。蟋蟀和蝈蝈都生活在地上，和儿童生活更紧密些，所以这里只说后两种。

蟋蟀，我们叫"秃织的"，想是把"促织"读转了音的缘故。应季时，满地都是，走路都能踩死一个。其鸣声尖锐执着，晚上聒噪得让人无法入眠。鲁迅先生把它的鸣声形容成弹琴，太抬举它了，即使鲁迅先生说了，也没改变我对它演奏技术低下单调的看法。

我们那里说蟋蟀是老灶爷的马，有灶马是吉兆。别的地方的蟋蟀我们不管，灶台下的蟋蟀更不管。唐朝段成式《酉阳杂俎》中说："灶马，状如促织，稍大，脚长，好穴于灶侧。俗言，灶有马，足食之兆。"老灶爷的马，还年年骑着去天宫报平安呢，养着吧。但按段成式说的，灶马和促织又不是一回事，实际上我觉得可能只是不同的品种而已。

我们从不捉蟋蟀，更谈不上斗。那时不知城里人喜欢它，还有皇帝痴迷它，更不知道贾似道宰相还有本《促织经》。乖乖，原来家乡一点儿也不起眼的秃织的，在外边、在历史上还有过这样的排场。

我们玩的蝈蝈，叫油子，玩得也不怎么有水平。到豆地里逮油子，不谦虚地说，一把好手。听叫声判断准方位，慢慢接近，豆叶稠，人移动最容易发出响声。如果你的响声使油子的叫声突然停止了，这证明你的动静已经引起了它的警觉，正确的做法是立即停下来，纹丝不动，两下比耐力，等它恢复了叫声，你再慢慢靠近，直到找准油子所在的位置，人也移动到了触手可及的位置。屏息静气，将两手保持恰当距离，呈合击状伸出，要保证一举擒拿，还要擒而不毙，方算成功。有的追着乱跑，逮不住油子还踩坏庄稼，人家要笑话的。有的是逮住了，但拍死了；有的是捂住了，被油子那两颗紫金门牙，狠狠咬了一口，害疼一松手，又飞了。

我们自己编几个蝈蝈笼子，逮住公的放进去，因为公的会叫。母蝈蝈不会叫，火里一撂，烧着吃。蝈蝈子和鱼子嚼着有同感，对于饥肠辘辘、肚里没一丁点油水的我们来说，那孬好大小也是肉呀。蝈蝈不论公母都是绿色或黄绿色，区别是：公的头上有两根触须，很长，像演员头上的雉鸡翎。母的屁股上有很长的马刀形产卵管，产卵时把产卵管插入土中，据说产后还用后腿拢土覆盖卵子，但没真正见过。

一个笼子里蝈蝈不能放多，最多两个，最好独门独户。放两个，如果脾气不好或不对付，你能听到它们在里边打斗。第二天一看，一只昂首挺胸，另一只或残或死。我们养蝈蝈，主要为了听它歌唱，侍弄得好，能比在田野的油子多听好长时间。随着天气变凉，不知什么时候不叫了，过些日子就死了。我们再馋也不吃养的油子，那是自己的爱物。到院儿里柴垛根，把死油子倒出来，你还没转身，鸡已叨到一边享用去了。似乎一年的热闹，随着蝈蝈的离去，就结束了。

知音

兒童挑
促織夜深籬落
一燈明宋人葉紹翁句也
涼秋九月芭蕉輕
一升露水一升聲
戊戌著秋枕窗外秋聲移於紙上吾師句也
馮碟平鄭

斗 鸡

李白有诗云："路逢斗鸡者，冠盖何辉赫。"我说的斗鸡不是这个，而是一种儿童游戏，有的地方叫斗拐。我觉得不如叫斗鸡，叫斗鸡传神。

斗鸡游戏不需要任何辅助工具，不讲究比赛场所，旋转开身儿就行。个赛、队赛、一对多，都可以，双方同意，立即开赛。胜负分明，连裁判也省了。农村儿童游戏，必须省事方便，方可发展流行。

斗规是：搬起一条腿到膝盖以上，左右不论，自便，作金鸡独立状。双方斗到有一方在膝盖上那条腿着地了，或脱离了自己两手的控制，即为输方。同时着地、倒地、松手，为和局。

斗法有六：撞、砸、掀、噏、闪、缠。

撞。就是拼蛮力，两人迎面相撞。如果力量悬殊，强的一方可一击成功，把对方撞散或撞倒。如果两人力量相等，可反复对撞，直至分出输赢。

砸。一方仗着身大力猛，双方快相接时，忽然把膝盖上的腿，用两手抬高，以力辟华山之势，向对方猛地砸下去。如果对方力弱，可一击制敌；如果对方力量相当，算斗了一回合；如果对方力量过强，可把主动进攻方掀翻。

掀。双方相接时，忽然用双手把腿压低，抵入对方腿下，猛用力上掀。如果对方力量弱，掀翻掀散，也一招制敌；如果双方力量相等，算战一回合；如果对方力量过强，主动攻击方可能被立斩于马下。

嗡。就是贴上对方后，倚仗力量一直向前推，再不让对方有反击机会，一次直抵黄龙，分出胜负。

闪。就是武术上的闪转腾挪，避实就虚。对方力量越大，力量小的一方越作出死拼的架势，激怒对方，等快相接时，忽然闪开，有的可以使力量大的一方扑空摔倒，结果以弱胜强，反败为胜。斗鸡者，也用诡道。

缠。有点太极的味道，缠住对方，不给对方发力机会，寻找对方空隙，击之不备而取胜。

兵法之妙，存乎一心。斗鸡场上，各展其技。如今老了，两腿走路都得小心滑倒。斗鸡的事，只能说说，英雄暮年，斗不动了。啥时候回村里，教教现在的娃娃，估计也引不起他们的兴趣，你想变形金刚他们都玩腻了。

斗鹌鹑

那年月真没什么玩物，有些人会斗鹌鹑，那在村里就算得上玩家了。因为要弄这玩意儿，一是家里生活要过得去，揭不开锅，孩子老婆没饭吃，你还有米喂鹌鹑？二是要有闲空儿，整天忙得头不是头，脚不是脚，你哪有工夫去把去斗？三是你还得有技术，给你个再好的材料，不会调教，还是斗不赢。

逮鹌鹑多在棉花地里，棉花基本拾净，只剩下零星不开花的秋桃。逮鹌鹑的人，要半夜起来，把自己原来养的母鹌鹑装在笼子里，用杆子挑着插在棉花地头，有两杆的，有三杆的，要散开插。逮鹌鹑的人，不断吹响手里的鹌鹑哨（模仿鹌鹑的声音），逗着笼子里的母鹌鹑不断鸣叫，用以吸引野鹌鹑。要一直坚持到天明，这叫哨鹌鹑。等人到齐了，在棉花地的另一头布一张很长、宽度相当于花柴高低的网，然后每人拿一根小棍，顺着花垄边赶边吆喝，快接近张网的地方，有人喊个口号，一齐吆喝着向前猛赶。鹌鹑原先是顺着花垄走，这时候只好起飞，一飞正撞在网上，只有个别没撞到网上的能逃掉，其余尽数收起。多的时候一网可逮十多只，少的时候只有两三只。大人把条件好的留下来养着，其余的烧了吃，小孩子乐于参加，不怕露水打湿裤腿，就是为了能吃一块烤鹌鹑肉。那也得看收获多少，收获少时，白忙活一场。

养鹌鹑就是为了斗鹌鹑，用于斗的都是野生的公鹌鹑。并不是所有野生公鹌鹑都能斗，按年龄、毛色，公鹌鹑分为处子、早秋、探花、白堂四种，只有白堂会斗。刚逮的鹌鹑不能斗，必须经过认真调教才行。调教的过程我们叫"把"。

把鹌鹑很讲究的。将鹌鹑头卡在大拇指和食指中间，两腿夹在无名指和小拇指中间，尾巴卡在小拇指后。要松紧适度，既让鹌鹑感到舒服，又不至于飞走。要不断地喂些谷子和水，通过把玩，让鹌鹑和主人建立感情，也让鹌鹑锻炼得见人不害怕。这个过程不是一蹴而就的，而是一个精心漫长的过程。平时养在笼子里，有空要掏出来把。出外走动，把鹌鹑装在特制的鹌鹑布袋里，别在屁股后面的裤带上，以便得空时掏出来把。最后将鹌鹑把得完全受主人控制，听主人指挥。

斗鹌鹑我只见过一次。把房门关严，中间放一个大簸箩，撒些谷子，把双方的鹌鹑放进去，然后用草棍逗它们，激怒后，浑身毛都炸着，马上撕咬在一起，趁双方分开时双方主人分别拢起自己的鹌鹑，把一把，喂点谷子，鼓励鼓励，算一个回合。然后，双方主人把鹌鹑往簸箩里放时，故意往前一送，两只鹌鹑又立即撕咬在一起。有人说，多的能打到五个回合，我看那一次，第二个回合就有一只被斗败了，扑棱一声从门上的空隙处飞跑了。剩下的一只还在那里踱步，可能是在宣告自己的胜利。我们那里有句俗语，打败的鹌鹑斗败的鸡，败了斗志全无，再没勇气上场了，主人几个月辛苦也白费了。有经验的人，一般看到自己鹌鹑处于劣势，不等飞走先认输，赶快把自己的鹌鹑收起来，保存余勇，以利再战。

这个玩意儿间断好多年了，听说村子里又有人把鹌鹑了，找机会回老家再看一场去，不知斗法和原来一样不一样。

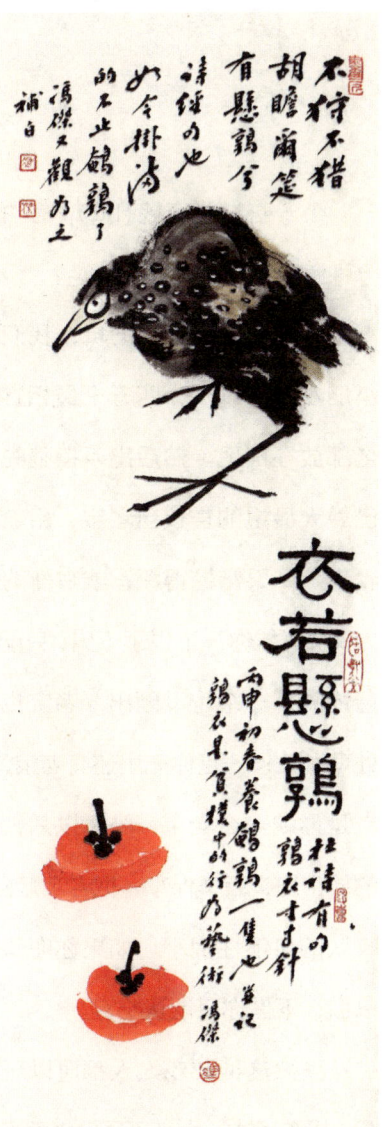

衣若懸鶉 杜詩有的
鶉衣寸寸針

丙申初春養鵪鶉
鵪鶉是賀梭中的行為藝術 馮傑
一隻也筆記

不狩不獵
胡瞻爾庭
有懸鶉兮
詩經of池
如今排污
的不止鵪鶉了
馮傑又觀而之
補白

砸杏核

杏子吃过剩杏核（hú），等杏核干了，供我们小孩子玩一种游戏，叫砸杏核。

在地上挖一不深的坑，我们叫杏窑儿。有两个以上的小朋友就可以玩，四五个最相宜。商量好一个人兑几个，全部放在窑里。然后出手指猜先，决出顺序。每个人用自己最大最重的杏核当老宝，用老宝砸杏窑，砸出窑的可以收走。如果窑挖得深，或者你的老宝太轻，或者你的技术太臭，可能你一个也砸不出，只能轮空。轮空还不是最惨的，最惨的是一个也没砸出，老宝也卧窑了。老宝卧窑有两种处理办法：一是你兜里还有老宝，卧了就卧了，游戏继续。二是你就一个老宝，卧了以后，你可以按约定，拿几个小的放窑里，丢卒保车，把老宝赎回来，否则你拿小的去砸，收获的可能性很小。如果你兜里剩的杏核不够赎老宝，可以借，不借你只能认吃亏。

虽然这种游戏人人都可以玩，但玩家基本上都是男孩子。男孩子中，大小不同，水平不同，无形中形成不同量级。年龄小的不跟年龄大的玩，力量小，孔夫子搬家——净书

（输）。高手过招，就把窖挖深，罚则加重。谁玩的水平高，赢得多，在孩子群中就像小英雄一样受崇拜。

这种游戏非常简便，上学前放学后都可以玩几轮。上学路上说来就来，那时候，谁衣兜里不放几个杏核呢。长大了看一些体育赛事，发现一些规则，就是我们小时候砸杏核的规则呢。

刷鞋撮

农忙时，人走得多，车过得多，路上轧得起层浮土。儿时，我们好在这样的路上玩一种游戏，叫刷鞋撮，也叫刷破鞋撮。要是新鞋，哪舍得玩这种游戏呢。所以，尽管我们玩得尽兴尽致，大人们却反对，因为费鞋。

小朋友们分两班，每人对一只鞋，交叉撮在中间，围住鞋撮画一个圈。然后出手指分出攻垒和守垒，实际就是猜先。双方均站在相反方向的规定距离外。守垒方挑一人守垒，即保护鞋撮。攻垒方可每人有一次机会，利用自己剩下的那一只鞋用力刷一次，刷出圈的鞋算收获，刷不出别的鞋，但自己的鞋仍刷到了圈外，算平局。如果这只鞋也让守垒方截留在圈里，算赔。攻垒方刷第一次时，守垒方的人不能干涉，任刷，像台球的开球。之后守垒人的任务是，既要防止圈里的鞋被刷出去，又要尽量把攻垒方用于进攻的鞋截留在圈里。攻垒方的人刷完后，如果圈里还有鞋，就挑一人去守垒。攻垒方和守垒方互相转换，然后由新攻垒方的人去刷，也是每人一次。最后，以刷出圈的鞋多的一方为赢，少的一方为输。

现在来看，这个游戏里既有足球里的规则，也有台球里的规则。我不懂棒球，不知是否有棒球里的规则。

　　就这样简单的游戏，我们能玩一个下午，直刷得胳膊疼。浮土荡得周身都是，完全是一个土孩儿。农村娃土里生土里长，没听谁说过这样疯玩儿不卫生。

摔 瓦

摔瓦，摔的不是瓦，而是一个小铁饼。但我们不叫掷铁饼，我们叫摔瓦。

玩这种游戏，一般都在秋收后的打麦场里，场小人多的地方要不下。玩法是：每人对一枚一分或二分的硬币，画一个直径2米左右的圆圈，把硬币摞成一摞放在圆心上。再在离圆圈20米左右的地方画一条横线，人站在圆圈处，将铁饼向横线掷出去，以离线远近决出顺序，离线近的优先。然后，站到横线后，将铁饼对准圆圈中的硬币掷过去，谁能将硬币摞碰倒，钱全部归谁。如果掷完都没碰住——一般情况下都碰不住，硬币太小，距离太远——仍按先前的顺序，用铁饼向圈外铲硬币，谁铲到圈外是谁的。这时靠的不是力气，力气大小没用，靠的是方法，是技术。铲成摞的和铲单个的方法也不一样。譬如铲成摞的，你下铁饼的角度不能太小了，小了容易只铲出最下面的一枚或两枚，把大多数丢在了圈里。铲单个的，巧劲是看准硬币离圈线的远近，计算好下铁饼的角度，琢磨不准，铲不出去，只有认输。

这个游戏有点小赌博的意思，也不利于保护人民币。经我们撂瓦玩过的硬币，不变形的很少。这里一并向孔方兄致歉，请原谅儿时的顽劣和不敬，多有得罪，请谅，请谅。

打 耳

打耳是小时候常玩的一种游戏，但一直不明白为什么叫打耳，问村里老人，他们也不知道，说从小就玩，大人都这样叫，我们也就这样叫。

耳料要用硬实木头，否则不经打。制成的耳，直径寸许，两头尖，把尖算上有三寸长。敲击任何一端，耳都会跳起。用来打耳的木棒，长度三尺左右。玩这种游戏的场地一定要开阔，一般选在打麦场里。画一个适中的圆圈，算垒，把耳放在圆圈正中间。可以是两人玩，也可以是多个人玩，人多了要分成两班。参加的人不宜太多，人多场地不好找。其实这种游戏有点像下棋，下棋的少，观棋看热闹的多。游戏开始也要猜先，猜到先的人算守垒方，对手为攻垒方。守垒方手执木棒，击耳一端，使耳跳起，在耳落地之前，用木棒横击，将耳打得越远越好。如果没击出圈外，要交棒给对方，守垒方、攻垒方互换角色，攻垒方就变成了守垒方。如果击出了圈外，由攻垒方去捡耳，站在捡耳的地方，把耳投向圈内，落到圈里时的高度尽量超过腰部。攻垒方投耳的角度、高度、落点很有讲究，尽可能不让守垒方把耳再击出圈外。当攻垒方把耳投出时，守垒方要眼疾手快，在耳落地之前再将耳击打出去。能击打出圈外，守垒方算赢了一局，可以继续当垒主，开新局。如果守垒方把耳打得很远，攻垒方没力气把耳按规定投到圈里，那守垒方等于不战而胜，继续当垒主，开新局。有时攻垒方失败后，取消攻垒资格，换成别人攻垒。如果攻垒方按规定把耳投进圈里，守垒方没有把耳击打出去，不算输，要把棒交给对方，守垒方、攻垒方互换角色，由垒主击耳开新局。原来的守垒方变成攻垒方，就落到了捡耳、投耳的被动境地了。如果多人参加，又要生出许多规矩，这里不再细说，大体不过是接力比赛。击耳熟练不熟练，差距很大，虽然是力气越大越好，但是单凭蛮力取不到胜利。需要四肢灵活协调，才能跑得快、击得准。如果再加上力气大、击得远，就是健将了。

最后，对"打耳"的游戏名称作个不经的考证。小时候只知道玩这种游戏，并不知道是哪两个字，"打"字好说，第二个字用哪个字呢？觉得只有写这个"耳"字，才能算有点意思。把被击打的玩具叫作耳，不是说它的形状像耳，而是因为它两头尖，相对于中间，尖就处在耳的位置，耳旁耳旁，尖在两旁，然后由尖部扩大为整个玩具称"耳"，所以游戏名称打耳。不知能否聊备一说，请方家指正。

垒瓜园

家乡的路，在农忙后，总是积攒下很多浮土。儿时有些游戏就是玩土，这里说个和浮土有关的游戏，叫垒瓜园。

垒瓜园的游戏不真就是垒瓜园，当然你可以按你的想法垒个瓜园，并告诉别的小朋友你瓜园里都种了什么瓜。别人想吃，拿片树叶当钱给你，说要买你什么瓜，你在园里随便抓把土给他，他放在嘴边吧嗒两下，装作吃的样子，然后再评价你的瓜的质量——就两个标准，好吃或者不好吃。这是垒瓜园，但也垒其他的，垒的不是瓜园，垒个猪圈，养一窝小猪。垒个茅厕，高兴了，夜晚少尿一次床。这就像每年哈尔滨的冰雕，雕什么都叫冰雕，他们用的材料是冰，咱用的是浮土，材料不同罢了，你就是浇上泡尿，也不能叫土雕呀，咱就叫垒瓜园，垒啥都是垒瓜园。狗蛋，垒瓜园去吧。好哩，狗剩。反正村里什么地方浮土多、深、细，门儿清，一群穿着裤头和不穿裤头的孩子，一窝蜂地跑到大路上，各展其能。

各人展开想象的翅膀，把浮土拢成自己想要的样子。最后一块儿评说，各自演说自己垒的是什么。有的人说，

我垒的是牛屋，里边养了十头牛。有的人说，咱队里一共才十三头，你弄十头，不行。经过讨论，决定只能留两头。主人还在讨价还价，两头就两头，但一公一母。咋了？好生牛犊。大家勉强同意。

又走到另一个人的作品前，你这垒的啥家伙？馍囤。垒馍囤干啥？俺家过年时蒸的馍和煮的肉都放在馍囤里，这样可以吃白馍吃肉。这个吃货，甭管像不像，听得大家直咽口水。

又来到一个人的作品前，你这垒的啥？飞机。敢垒飞机，你垒这干啥？坐上去西藏看俺爹。大家觉得应该，西藏这个地方听说离咱这儿远得很，不坐飞机过不去呀。忽然有一个说，你这飞机咋就一个膀呢？看天上飞的飞机都是俩膀呢，一个膀行吗？这家伙照弟弟光屁股飞起一脚，那个膀儿好好的，他给踢掉了。弟弟坐地上哭得郎猫似的，哥哥眼里也噙上了泪，好像看爹的希望泡汤了。大家同情了，说，你别打弟弟了，我们看着你把那个膀补上吧。哥哥小心补好，脸上露出了笑意，大家鼓掌，弟弟早不哭了，泪道上沾的都是土，也跳着鼓掌。

这种游戏我们小时候爱玩，古代人也爱玩。有个叫项橐的小孩就是垒瓜园的高手。一天，项橐和几个小朋友在路上玩这种游戏，项橐垒的不是瓜园，是一座城，眼看大功告成，忽然来了几辆马车。赶车的人让小孩让路，其他小孩都站到了路边，只有项橐站在路中间不让，自己一下午的劳动让他们这些车这些人一过，还不给踏平了？就问赶车的人，你们哪里过路的？赶车人看到这小孩不让路，就有些傲气地说，车上坐的是鲁国的孔丘先生，我们都是他的学生，陪先生一起到宋国去，让个道吧。项橐不慌不忙地说，噢，原来是大名鼎鼎、知书达礼的孔丘先生，听说他的学问很大，我想请教他一个问题。孔丘一捋长髯，笑容可掬地说，我就是孔丘，有什么问题你问吧。项橐问，先生，这世间行路，是城让车呢，还是车让城呢？孔丘说，当然是车让城，岂有城让车的道理？项橐说，那今天您坐的是车，我这里是即将建好的一座城，那您的学生今天为什么要我的城让您的车呢？孔丘一看项橐确实用浮土垒就了一座有模有样的城。孔子拱手一礼，说，实在对不起，是我们错了，你是对的，我们绕别的道。这就是《三字经》中"昔仲尼，师项橐"的来历。

别小看光屁股垒瓜园的小孩子，不小心垒成了圣人之师，你就骄傲去吧！

打陀螺

陀螺，那是城里人叫的，我们叫碟遛。打陀螺，我们叫打碟遛。

制碟遛的材料可以是木头，也可以是砖头。找根粗细合适的木头，用斧子把一端砍尖，一端砍平就可以了。用砖头打磨，一方面磨圆，一方面还得把一端磨尖。不过砖头分量重，抽着带劲儿。

碟遛制好后，制鞭。砍一棵高大的青麻，根部麻秆留尺许当鞭杆，其余麻秆，剥下麻皮，把麻皮分成三缕儿，编成辫子，这就是鞭了。打时，用鞭缠住碟遛，用力甩出去，就开打了。

比赛时以坚持时间长为胜，可以一甩定输赢，也可以接连抽打定输赢。有的还可以玩上下楼，用砖垒成台阶，抽着碟遛一阶阶上去，高手还可以抽着碟遛一阶阶下来。

后来看城里人制陀螺的材料五花八门，鞭子也极尽奢华。进城后没打过，我们小时候玩的东西，虽然简陋粗糙，但给我们的欢乐却是永远难以忘怀的，韵味悠长绵远。

洗 澡

我们叫洗澡，不叫游泳。

我们洗澡的地方有四处。村里有三处，分别是东坑、南坑、西坑。东坑是方的，南坑是扁圆的，西坑窄而长，像截来的一段河。村外可洗澡的是蒋河，离村有一里多地。

我家离东坑近，如果在东坑洗澡，我们像主场。要是去南坑、西坑，我们是参观性质的，看他们那边的孩子谁游得好，邀请他们去东坑耍耍。有时我们去了南坑、西坑，人家要是非常欢迎，盛情难却，我们也下水，但玩得很有节制，不像在东坑，相互打闹，玩疯了。

我们一般不会去蒋河洗澡。蒋河的特点是，下雨时水太大，没雨时水太小，适合洗澡的时段不多。但河水小时，河床里还有水大时冲成的涡子，里面的水呈现恐怖的蓝绿色，深不见底。一般人不敢跳进去洗，大人常告诫我们小孩子，说里边有淹死鬼，淹死鬼只有找到了替死鬼（新淹死者），才能托生转世，否则永远在那里当淹死鬼，不得转世。淹死别人只是听说，我一个低年级同学确实淹死在里边了。到涡子跟儿，别说下去洗了，就是站近点儿，心里都打鼓，生怕淹死鬼猛地一跃，拽住脚脖，把我拽进去，当了他（她）的接班。

我们洗澡时，最普通的玩法有打嘭嘭、踩水、扎猛子、浮水四种。有的小伙伴样样精通，还能玩出花样。我正好相反，样样都会点，样样都不行，以至到后来，连那仅有的一点游技也荒疏了，至今落个不会游泳。

我不会游泳，一是自己笨拙，没学会，二是奶奶的溺爱。父亲是独苗，我是长孙，奶奶生怕我这棵苗中途出差错，严禁我下坑下河洗澡。我小时候无论多淘，奶奶从未打过我，也不准父母亲打我。但唯有洗澡，奶奶寸步不让，喝令我父母打。"打，让他长耳性！"坑里河里水不像游泳池的水，如果你洗了，骗不了大人，身上挠一下一道白印儿，铁证如山，你不承认都不行。

此技，童子功没练好，后来也缺少必要条件，再加上懒惰，别说江河大海，连游泳池也不问津。"文革"期间，谁一提毛主席号召去大风大浪里锻炼，我的心就怦怦跳，脸就红。心想，完了，不经风雨，不见世面，不会游泳，这辈子甭打算成为合格接班人了。后来，发现革命队伍里也有不少"旱鸭子"，心里才坦然多了。

儿时的雪

记忆中，小时候的冬天，每年都下几场大雪。

下雪前的天空，颜色灰蒙蒙的，云层显得很厚、很低，不给阳光留一点穿透的间隙。这也就是《诗经》中写的"上天彤云，雨雪雰雰"。

下雪前，气温会比较高，甚至会一连几天高温，我们叫温雪。如果没有温雪过程，下的可能是雪霰，因颗粒像米粒大小，也叫米霰，我们叫雪肠子，踩上去像沙子，嚓嚓响。经过温雪过程，下来就是雪花。温雪像是酿雪，温透了，可能一下就是大雪、暴雪，我们都称鹅毛大雪。如果一连下了几天几夜，那就厉害了，整个变成银色世界。

开始下雪不冷，特别是第一场雪，我们会到院里跑跳欢叫，对洁白的雪姑娘表示欢迎，嘴里嚷着：噢，下雪喽！噢，下雪喽！雪花落在脸上，稍停即化；雪花落在脖颈里，不停即化；雪花落在头发上，会停留到回屋还不化，你用手去扑打时，雪会化在你的头上和手上，很少能落到地上。

下雪时，不刮风不会太冷，如果刮风就会很冷。所以下到暴风雪的程度，不是一般的冷，而是具有不同程度的破坏性。风雪交加，形容的是最苦寒的时候。

下雪不冷化雪冷，化雪的时候，地面蒸腾着寒气，如果再有风助威，真是冷风如刀面如割。最难受的是两只耳朵，一会儿疼，一会儿痒，疼痒兼具，那种滋味令人无抓无挠地难受。所以说冬至吃饺子的理由，是不冻掉耳朵。其实最不经冻的还有脚，脚一冷关乎全身，如晚上睡觉，脚的保暖解决不好，一晚上都别想睡安稳。

雪下得大的时候，最先危及的是房屋。农村土坯房，经不住大雪的威压，积到一定厚度，必须及时除雪，否则就有坍塌之虞。房子积雪到一定程度，大人爬上屋顶用木锨铲雪。雪落在地上的声音是沉闷的，那声音像没完全释放，到后来雪太厚了，落下来时几乎没什么声音了。但我们小孩子爱看这场景，看着大人收拾完才跟着进屋。

雪大对交通出行影响也大。那时农村的路况很差，一到大雪天，整个世界白茫茫，路旁的井口都被雪封死了。经常传说有人误跌水井，如没被人发现解救，只有等死。有一年，听说一个带枪的干部掉进了井里，三发子弹打完也没有被人发现，活活冻死在井里。上年纪的身体弱的老人，经不住寒冷，瑟缩着走向了另一个世界。生产队刚出生不久的小牛犊，下雪前还在场里蹦跳，一场大雪过后，也冻死了。

　　环境变化真是太大，现在很难遇到一场如儿时见过那般大的雪了。

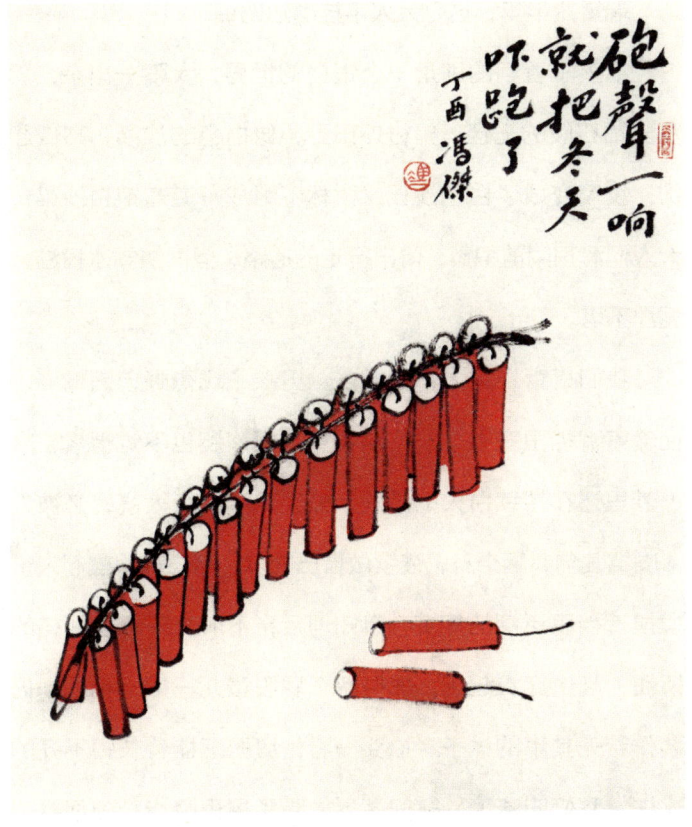

炮声一响
就把冬天
吓跑了
丁酉 冯杰

雪 趣

瑞雪兆丰年，这是大人常挂嘴边的话。

小孩子看到的则是一个银白的世界，太阳一出来，雪发出钻石般的光芒。望村外田野，像白色的沙漠，高低起伏，坟冢变成了白色沙丘，树林下组成一道道银白沙梁。大人们清扫门前积雪，留出行走的道路，但很快雪水横溢，泥泞不堪。

我们只管堆雪人，打雪仗。男孩子玩得野，赌输赢，往输家裤裆里塞雪。一整晌在雪地里滚爬也不觉得累，晚上梦里还在持续白天的游戏，如果梦话声音太高，必被大人喝骂几句，翻个身，继续做自己的梦。第二天早晨起来，摸摸裤裆里泛潮的棉裤，自知理亏，不敢有平日里那样的娇惯，赶快穿衣起床，冻得两个屁股蛋儿一揪一揪的，仍装作若无其事的样子。抬头一看，房檐下挂着长短不齐的冰柱，我们叫琉璃。三间茅屋，除了屋里暗点，外面看，简直成了宫殿。匆匆扒两口早饭，赶紧出门啸聚。一人找一根木棍，去房檐下敲琉璃，脆声如裂帛，冰飞满世界。有时拿着一截儿，咯嘣咯嘣吃起来，没一点甜味，白水一样，冰得嘴麻。还没吃完，手里化的全是冰水，跳起来把剩下的部分，奋力向远处扔去。

大雪天的晚上，虽然朦胧，但是仍然看得见物什，不耽搁我们玩。模仿电影中的雪里行军，排着队在初上冻的雪上走，发出悦耳的咯吱咯吱声。突然有人喊卧倒，真就卧倒一片。有两个站着不想卧，头儿说，如果被敌人发现了，明天就不能再跟我们玩。两人一想后果严重，赶紧趴下。回家的路上，有一个人解释说，不是怕冷不趴下，我前边有泡牛屎，总不能叫我啃牛屎吧？大家哄笑，不再追究。

化雪时大坑里结很厚的冰，今天化化，明天结结，可以把坑里不太深的水冻实了，我们可以在上面溜冰。溜冰时快如飞箭，滑倒时也会冲出好远。有时猛地摔倒，重创的部位会疼好几天。有的看见别人滑倒，幸灾乐祸，笑容还没达到高潮，自己也摔了出去，甚至比别人摔得还惨。有时一倒一堆一片，其中有真滑倒的，有装赖故意的。有时大人站在旁边，故意逗我们。你正滑着经过他旁边，他忽然大声喊，你屁股上啥东西呀？你一卖眼，摔出老远。你摔得快哭了，但小伙伴笑了，围观的大人们更是拍手大笑。

啊，小时候的雪真好玩。留在记忆中的雪，是那样白、那样纯！

夕 阳

那时候刚上小学，六七岁的样子。夏天天长，下午放学后还要好长时间天才黑，小伙伴们一路打闹着回到了村里，然后四散回家。我家院子很小，除了三间堂屋，就是两间西屋。打开堂屋门，里边已经昏暗了，因为屋子的西山墙是不留窗户的。开了门往里走，朝前迈一步，黑暗更深一些，心里就怕，越努力想看清楚，越是什么也看不见。也不知离天爷桌还有多远，实在不想再往前走，就匆忙将书包朝桌上扔了过去，只听哐啷一声，不知砸住了什么东西。拔腿就往外跑，堂屋门没掩好，转眼就跑到了街上。

西边的太阳光灿灿的，红得泛白，红得很净，射出来的光是耀眼的金色，让人无法逼视，光线把整条街都照得黄澄澄的。随着我的走动，那些金线在不停地转动，尽管穿过我的身体，我并没感觉。街上静得很，大人们都在地里干活，小孩也没碰到一个。有一头半大的猪，哼哼唧唧在墙根拱东西吃。在一堆垃圾旁，有两只鸡，爪子交替着刨食，脑袋勾下去啄两下，爪子刨时，头还抬起来左顾右盼。它们好像不是在刨食，好像在重复着一种仪式。

屋里暗不敢待，跑到街上，街上倒是亮堂，可我一个小孩占一条街，心里也是空落落的。于是，踽踽地向村头走去，在村头等大人收工回来。到了村头，太阳又低了一些，暗了一些，大了一些。但怎么也看不到大人在哪块地里干活，找个高点的土堆站上去，再找，还是找不到，心里就更孤单了起来。

这时候看到，有些鸟儿叫着归巢，太阳那边也有些鸟儿在飞，它们好像离太阳很近。忽然发现，那些飞鸟下边有一个人，辨不出男女，辨不出衣着，只能看出他（她）在向太阳走去。他（她）是谁呢？哪个村的？干什么去？难道你不知道越走越远吗？天快黑了，天黑了你怎么回家呢？但那个人一直向远方走，眼看着他（她）要走进将落的太阳。太阳已近地平线，颜色紫红，上边还有不规则的横向黑影，眼看着落下去，最后嵌入地平线的速度，比先前快得多。我知道太阳明天还会升起来的，但我对那个即将陷入黑夜的远行人，有一种莫名的担心。如果那个人是我呢，我该会感到怎样的孤独，怎样的无助，怎样的害怕呀！长大后知道这是一种忧伤情绪，与生俱来，藏在心底，遇到什么事物触动它，会时不时泛上来，袭你一下。

李商隐有《登乐游园》诗："向晚意不适，驱车登古原。

夕阳无限好，只是近黄昏。"写得好是好，但读了以后似乎是倍增忧伤，好的东西快完了，能不令人忧伤吗？

隋炀帝杨广有首诗："寒鸦飞数点，流水绕孤村。斜阳欲落处，一望黯销魂。"杨广做皇帝是昏庸残暴的，写这首诗时，他还算是个正常人，并且表现出很高的才气。原来这眺望着夕阳，也会伤感。

夕阳的意境对于一个人的童年、成年、老年是不同的，对于当时注视它时的心情也是有差别的。我在《五十抒怀》中曾写过这样两句诗："秋光万丈苍山远，细酌流霞醉落晖。"似也没有多少忧伤。

望星空

论看星空，我觉得还是夏天。

夏天的星空，好像比别的季节热闹，星星更繁密明亮。

吃过晚饭，白天的暑热逐渐散去。在当院铺个席子，奶奶拿个芭蕉叶蒲扇，有一下没一下地扇着。我们小孩儿也坐在那里，依偎着奶奶，问一些不着边际的事情。

奶奶告诉我们哪是北斗星，哪是三星，哪是牛郎星，哪是织女星……奶奶不识字，但会讲故事，什么牛郎织女呀，北斗指路呀，三星报年呀。

奶奶说，天上的星和地上的人应着。明得很的星应的是大官，不太明的应的是平头百姓。那流星呢，说明一个人没了。奶奶，哪一颗星是我呀？奶奶说，你是小孩，你的星在那密密麻麻像云彩的天河里面。将来你们好好上学，考上举人、进士，你们也能从那一片中走出来，自己占点地方。我们泄气地告诉奶奶，现在不兴考进士。奶奶问兴考啥，我们说兴考大学。奶奶说考大学就是进士，大学不是在北京吗，考进士就得去北京，你在咱庄能考吗？是，奶奶说得有理。

　　忽然天空划过一颗流星，拖着长长的尾巴。我们问奶奶咋回事，奶奶说应着那个人没了。我们很担心应着奶奶的那颗星星哪天也划过去，奶奶如果去了，谁还给我们讲故事呢？所以也就没再敢问应着奶奶的那颗星在哪里。但奶奶自己并不担心，有我们这些小孩子在她周围闹着，她老人家似乎很开心。

　　有时晚上和父亲一起到生产队的打麦场里去睡觉，躺在席上，仰望天空，止不住地胡思乱想。这些星星白天去了哪儿？阴天去了哪儿？它们会掉下来吗？它们通体是冰吗？雨是它们化的水吗？雪是它们掉的渣吗？飞机飞那么高，翅膀会碰住星星吗？孙悟空那么厉害，有本事站在上面金鸡独立吗？想着想着，就进入了梦乡。蹊跷得很，什么梦都做过，竟没一次梦到过奶奶说的天河，去看看自己那颗小小的星星。

　　现在城市里，别说看到美丽的星空，能看到个把星星，就稀罕得不得了。霓虹灯的五颜六色，和儿时的、农村的星空比，差远了。

放风筝

　　小时候放风筝，都是自己扎，没有谁去买，大人们可不会为你的玩去花钱。

　　我只会扎一种，五星的。有一个小伙伴会扎蜈蚣，我羡慕得不行。也有小伙伴会扎鸟。后来到了城里，才看到有那么多种样式的风筝，就这事上真得承认农村孩子见识少。

　　扎风筝用竹篾，别的材料不行，竹子轻，有弹性。扎在一起叫龙骨，然后糊纸。纸上要画上自己喜欢的图画，可画好再糊，也可以先糊后画。放风筝的绳子要结实，还要很长。母亲向来不赞成扎风筝，因为放过风筝的线，已不能再用来纳鞋底了。可是小孩的玩心大，总还是能将绳子偷出来去放飞自己。

　　放风筝要有风，风太小不畅快，好不容易飞起来了，一不小心又摔了下来。风太大也不行，绳子很可能经不住，万一绳子断了，风筝能飞出好远，落地时基本上就摔散架了。如果巧了风筝会挂在树上，爬上去摘下来，还可以修修再放。

　　放风筝时想，要是长大开飞机能在天上来回跑，多神气呀。上高中时，听说要在高中生中招飞行员，结果全班

一个也没通过检查。说是飞行员的身体条件要求严格得很，一想自己每天都只吃红薯，不会长出那么好的身体，所以后来也就断了这个念想。

放风筝实在是一项益处多多的游戏。如果自己扎，要动手动脑，放飞时也是讲究风力风向的，没有经验也放不好。后来看到丰子恺有幅漫画《儿童散学归来早，忙趁东风放纸鸢》，印象很深刻。

制风筝，在成年人那里是一门艺术，我在一份资料中看到，《红楼梦》的作者曹雪芹就是制鸢高手。

山东潍坊每年举办风筝节，吸引了全世界的风筝爱好者去那里展示自己的绝活。要知道，会玩，也能玩出名堂。

冬 衣

今年冬天，薄毛裤也没穿几天就过去了。是天气不冷吗？不是。是耐冻力提高了？不是。说来说去，还是暖气起了作用。你想，家里有暖气，办公室里有暖气，出门车里有暖气，一天到晚，很少和室外的冬天接触，很少经受劲吹的朔风，当然觉得冬天容易过了。

小时候，觉得冬天很冷很冷，也没听说过有暖气这回事。取暖的办法是猫被窝。有客人来家，抱一捆秫秸秆，门一关，燃着，叫烤火。有时碰上坏天气，秫秸秆是潮的，好长时间才能燃着。抠出好多烟来，呛得人咳嗽连连，现在想起那场面，喉咙就发痒。

但冬天也不能只待在屋里不出门呀，小孩子好动，冷也要出去玩。男孩上身穿袄，袄是对襟的，五排扣都扣上也挡不住进风。我们只穿袄，不穿衬衣，叫"耍筒"。尽管小时候就是这个穿法，但到现在也不明白这个穿法为啥叫耍筒。为了挡风保暖，我们自有办法。把扣子全部解开，左右襟儿掩住，抽一根干红薯秧，腰里一扎，好像妇女们带大襟儿的上衣。就这样，在四无遮拦的打麦场里，迎着八面来风，也能玩个通身淌汗。

下身穿棉裤，除个裤衩，也是耍筒。最尴尬的是在学校上早操。你想，棉裤是大腰的，腰带是一根线绳，腰带和裤腰又没什么有机联系，你扎得再紧，操场跑不到半圈，裤腰和腰带就要闹分离，裤腰向下滑脱，腰带置若罔闻。这时既要随队跑步，又要暗整行装。把滑脱的部分裤腰重新提塞进腰带，动作尽量隐秘，不然老师看到你跑步动作不对，再给你当众指错纠正，那可尴尬了。不知是不是那时年轻，皮肤光滑，因为不到半圈，裤腰又故技重演。周而复始，直到早操结束，其难堪情景现在记忆犹新。

冬天脚上穿的是母亲做的棉鞋，刚穿时很暖和。时间长了就不行了，因为到处疯跑，出很多脚汗，如果不想办法烤干，早晨起来，棉鞋无法进脚，像个小冰窟窿。奶奶疼我，早晨我还在梦里，她老人家趁做早饭烧锅时，就把我的棉鞋烤干了。

那时小孩都戴自家做的棉帽子，有两个耳笆子，形状有点像日本兵戴的帽子。但颜色不一样，他们是绿的，我们是蓝的。现在，在电视上一看到日本兵的帽子，就想起了儿时的棉帽。你说，这日本人，啥都学中国的，还侵略中国，真不知好歹。

鞋 子

　　余生也笨，小时候自己穿虎头鞋的样子，没有印象。后来看到别的孩子穿，似乎也看到了自己小时候的影子。我们把虎头鞋也叫猫头靴，猫虎同科。除了那个"王"字，虎头猫头真差别不大。

　　大学毕业参加工作前，我一直穿母亲做的布鞋。布鞋形状有圆口的，有方口的。布料有平布的，有条绒的。鞋底总是母亲一针一线纳的。读孟郊的《游子吟》，我眼前浮现的场景，不是母亲在给我缝衣服，而是在给我纳鞋底。上衣、裤子，那么大面积，需要多少针呢？鞋底巴掌那么大，需要多少针呢？有人统计过，一双鞋底大约需要两千五百针，那才是密密缝啊！针脚一个挨一个，密密麻麻。缝衣裤用针即可，可纳鞋底需要先用锥子扎透，再拿针穿过去，直接用针是扎不透的。

　　我不愿穿刚做好的新鞋，夹脚。大人看我哭闹着不穿，只好找脚略小于我的小伙伴，让他先穿几天，我们叫排排。但我心里并放不下，见到小伙伴会叮嘱，排好还我哟。

　　20 世纪 70 年代，农村开始流行凉鞋，都是塑料的。

起初是出外打工的人，挣了钱，穿着凉鞋回来，挺光面。不出去打工的人，谁肯花钱去买凉鞋穿呀，只有羡慕的份儿。农村的土路，能把各种凉鞋底部的花纹印下来，我们看到鞋印，就想象这应该是什么形状的凉鞋，是什么颜色的凉鞋，是什么人穿的凉鞋。当然也想着啥时候自己也能穿上凉鞋。我的凉鞋梦是过了好长时间才实现的。

记不清是什么时候开始穿皮鞋，穿皮鞋似乎是个人生活提高到新阶段的标志。一说谁谁穿着大皮鞋，走路嘎吱嘎吱的，那肯定是生活富有的。往好里说，那皮鞋擦得锃亮，耀人眼。往不好处说，那皮鞋擦得贼亮，臭显摆。夸和讽都可以拿皮鞋说事。

论穿鞋，风光不在男人脚上，而在女人脚上。女人的高跟鞋，确实能使人显得更高挑，更多姿，更妩媚。据说菲律宾前总统马科斯的夫人伊梅尔达有 3000 多双名牌鞋子。如果一个男人有 3000 多双皮鞋，肯定是卖皮鞋的。

现在皮鞋有什么稀罕的，我关心的是某明星做广告代言人的老人鞋。广告中说，但愿每个老人都有一双，明天得买一双去。

燕　子

　　燕子是鸟类中与人最亲近的。它把巢垒在住家的梁上，来来去去，自家人一般。别的鸟都不会这样，连抬头可见的麻雀，也不到人屋里去，一旦误闯，人们没什么好态度待它。

　　燕子的身形，像一个黑色的小精灵。为了筑巢，为了育雏，那忙碌的身影飞来飞去，似乎一刻也停不下来。"几处早莺争暖树，谁家新燕啄春泥。"明媚春光，百鸟欢唱。交响乐中不乏呢喃燕语，别的鸟儿是在享受春光中歌唱，燕子是在劳动中歌唱春光。

　　燕子的飞翔姿势，闪电似的，迅疾灵活。我特别爱看燕子剪水，俯冲而下，剪水而扬，那动作真叫漂亮。别的鸟儿谁能做得到呢？

　　记忆中，我家堂屋里年年都有燕子垒窝，只是看不出今年的燕子与去年的燕子有什么区别，有什么联系。每当春天燕子一来，大人总会像往年一样，叮嘱孩子们，不让打扰燕子，要保护燕子。说是谁家有燕子垒窝，谁家有福。筑巢时是两只燕子，我想它们应该是夫妻，进入夏天会孵

出小燕子，一般是二到四只。乳燕初试新声时，会给我带来由衷的惊喜。

燕子不光是春的使者，还代表爱情。《诗经》中就有："燕燕于飞，差池其羽。之子于归，远送于野。"晏几道《临江仙》词中有："落花人独立，微雨燕双飞。"我们的祖先善于托物比兴，早赋予燕子很多美好的含义，燕子是中华传统文化中最活跃美好的物象之一。

如今生活在城市，门窗严紧得苍蝇、蚊子都飞不进来，再不会有与燕子同栖一室的惬意了。只能在郊外，偶尔看到高压线上落成排的燕阵了。

乌 鸦

乌鸦，我们叫老鸹或黑老鸹。

乌鸦的叫声，嘶哑聒噪，实在不好听。家乡人认为，听到乌鸦叫不祥，乌鸦通身黑色的长相也不美观，所以我从小就对乌鸦产生了恶感。

有一次生产队的仓库被盗，说贼是在仓库后墙凿个窟窿把粮食偷走的。社员们都站在街上议论此事，一位见多识广的老人，走过来先听大家七嘴八舌，最后总结似的说："夜儿后晌，听到老鸹叫了好几遍，我就知道要出事。"好几个人给老人打圆场，说也听到老鸹叫了。

"文化大革命"期间爱开忆苦思甜会，忆苦中提到地主，前边都加上一句"天下乌鸦一般黑"。后来听说，天下乌鸦还真不都是全黑的，甚至还有白的。好在那时还没这些知识，否则又增加一分犯错挨批的危险。

小时候的课本上，把乌鸦也弄矛盾了。先是乌鸦喝水的课文，那是夸乌鸦聪明的。瓶里有水但水位低，乌鸦为了喝到水，就往瓶里叼石子抬高水位，最终喝到了水，聪明呀，胜过儿童的智力了。但还有一篇乌鸦和狐狸的课文，

乌鸦嘴里叼片肉，站在树上，结果被狐狸夸几句嗓子好，一张嘴，还没唱呢，肉已落在狐狸嘴里。你看，乌鸦这么经不住忽悠，笨呀。

说乌鸦是孝鸟，有反哺之举，谁见过呢？实际情况也没得到科学证明。现在浙江的义乌市，据传说和乌鸦是孝鸟有点关系。义乌原来叫乌伤县，说秦时有个叫颜乌的人，事亲至孝，父亲死后他负土筑坟，感动了乌鸦，一群乌鸦衔土相助，鸦喙皆伤，故称乌伤，后又改称义乌，可这也不是反哺呀。

世界上有很多国家和我国古代一样，把乌鸦视为一种神鸟。如果去印度，则到处都能看到成群的乌鸦。在印度、孟加拉国、斯里兰卡，把乌鸦都当作国鸟看待，在尼泊尔、

晓散鸟鸦千点细晚归白路一行多

日本、英国、比利时，以及我国的西藏地区，都把乌鸦当作神鸟。一种动物在不同的国家有不同的文化含义，在一个地区的不同时段也有不同的含义。

在中国传统文化中，乌鸦一直是正面形象，譬如我们把太阳叫金乌，和称月亮玉兔相对应。在唐诗宋词里"神鸦""城乌"是经常出现的并和人们日常生活有紧密联系的词语。不知什么时候，乌鸦才成了不祥之鸟。

现在的日常生活中，常把那些爱说不吉利话的人叫乌鸦嘴。有一次，几个人一起聊天，一个漂亮女士说了句很不吉利的话，还没等大家反应过来，她自己先吐了口唾沫，又拍了拍桌子，嘴里还连说自己乌鸦嘴。我们问她你这样做有啥讲究，她说，吐口唾沫等于刚才没说，拍拍木头，等于没有这事，惹得一圈人大笑。

刘半农和徐志摩是好朋友，徐志摩要坐飞机回北京，劝刘半农一起走，刘半农说坐飞机不安全，他不坐，劝徐志摩也不要坐。徐志摩说，出事了你要给我写几副漂亮的挽联。结果真出事了，刘半农后悔不已，总觉得徐志摩的死和自己的乌鸦嘴有关，随即发誓以后再不乱讲话了。

在城市里现在很少见到乌鸦，有天下午，在省政府办公楼前，有一大群乌鸦飞过来又飞过去，又不像是归巢，不明就里，只见到这一次。到郊外散步，时常看到或多或少的乌鸦，长得圆滚滚的，得了肥胖症似的，懒懒地在草地上溜达，也不怎么怕人，人到跟儿了也不飞走。只是还不喜欢那叫声，祥不祥的倒不挂念了。

三脚猫

在农村听说书时，说到人的武艺不精时，就说是三脚猫功夫。近日我们家真养了一只三脚猫，黑色。

我妻退休在家，替女儿养了一条狗，已忙得不亦乐乎。要喂食呀，散步呀，洗澡呀，等等。忽一日黎明时分，院旁的竹林里传出猫的凄惨叫声，一直不停。妻起身去看究竟，见一只瘦骨嶙峋的黑猫，左前腿被一个铁兽夹夹着，一脸企求的表情，少气无力地叫着，不但受着伤痛，显然饥饿已甚，但又警觉着不让人靠近。妻回屋整了些吃的东西，放在竹林边。等她离开一定距离，黑猫才过去贪婪地吃起来。

第二天黎明时分，竹林中又传来了黑猫的叫声，妻又去喂了。回来和我商量，怎么样能把猫腿上的铁夹取下来，不然那条腿非断掉不可。我说，关键是不容易逮住，它现在对人的警惕性正高。但我们还是做了尝试。喊来两个年轻的亲戚，用被单去扑那猫，有次差点就逮住了，但还是让它逃掉了。

黑猫每天都来索食，妻除了喂狗，又忙着喂猫。一天妻悲伤地告诉我，那猫腿上的夹子是掉了，但猫腿也断了，只剩下短短一截。我说，只要不发炎就行。

黑猫开始来时，每当妻喂食时，小狗咔咔总会发出带着恼怒的咆哮。我说，这是担心与它争食，时间长了就好了。咔咔的叫声，随着时间变得越来越平和、越稀疏。最后黑猫吃食时，咔咔看看，竟不叫了，装着不屑一顾的样子。黑猫胆子也大起来，晚上就睡在我家院子的角落里。白天把食物放门口，它也敢来吃。又过了些日子，黑猫吃过食就躺在门口睡觉，咔咔也懒懒地躺在附近，对黑猫虽未表示亲近，但已完全接纳。黑猫的毛色渐渐转亮，体格也从羸弱转为健壮。胆量就差登堂入室了。我想狗狗名叫咔咔，黑猫也应该有个名字，我想就叫它三脚吧。我喊了几次，它翻眼看看我，不理我，也不走开，好像我不是这个家的男主人。不知是否嫌我捅了它的缺点，或伤了它的自尊。见了妻，用尾巴来回扫她的腿，要亲热得多，甚至有点谄媚相。我想，你这家伙为人处世也是三脚猫功夫，不知当初为收留你我也是赞成并费过心的。

最近黑猫又长本事了，要是饿了，它就叫唤。隔着纱门见没人理它，能变换着叫出三四种花样，我听了分不出个究竟，妻听后能分辨出每一种叫声的含义，渴了、饿了，不被理睬生气了，等等。看来三脚猫虽然功夫不精，到底有些功夫，我也对它另眼相看了。

　　黑猫不愿意自己被叫作三脚猫，我们也不勉为其难，也没费心想其他名字，就直呼黑猫，这它乐意接受，认了。

　　黑猫来了，妻又多了一份忙，同时也多了一个伴儿。黑猫对我态度差点，可以原谅。如今的黑猫和刚来时大不一样，那时瘦骨嶙峋，而今膘肥体壮、满身光亮，颇有几分可爱了。

饭 场

现在城市充斥的是酒场，尽管席上不乏美酒佳肴，似不值得留恋，我更怀念的是农村老家的饭场。

我老家是豫东大地上一个再普通不过的村庄，连集都不逢的。买个油盐酱醋都要到集上去，那是公社所在地，离我们村有四里路。

农村人早晨起来，不是先吃饭，而是先下地干活，到九十点钟时才回家吃早饭。午饭要到下午三四点才吃，公社干部都知道，"农村的饭，三点半"。到饭场吃，都是早饭。午饭一般都是面条，你端碗面条走不到饭场，呼噜完了。早饭就不同了，炸红薯、窝窝头、一碟子辣椒，小馍筐一次备齐，即使再端碗开水，一顿饭也不跑第二趟。

离我们家最近的饭场，是村里的一个丁字路口。所谓路，也就是条胡同，统共住十多户人家。去饭场的就是十多家的成年男人，小孩要去，也行，图个热闹。饭场的发言权，是大人垄断的。饭场上的话题很随机。村里发生了什么事，谁家发生了什么事，要议论；谁清早赶集了，见到了什么，听到了什么，要议论；今年该种什么庄稼，该种什么蔬菜，要议论；谁家儿子该成媒了，谁家闺女该打扮了，要议论；毛主席对什么事发话了，中国和苏联想干仗了，要议论；看见只鸡，看见条狗，关于鸡狗的事，也可以议论。没有程序，没有规则，随意命题，那真叫个民主。

见闻说给大家听听，不必有结论。讨论问题时，如果需判个是非，这是三类人的权利：要么你辈分尊长，要么你是生产队干部，要么你走南闯北见多识广。

农村饭场有它在那个年代的特殊作用。那是发布信息的地方，那是交流意见的地方，那也是传播新闻的地方。你不到饭场去，就相当于识字之人不读书、不看报，你不知道外边发生了什么事情，慢慢会变得孤陋寡闻，慢慢会落伍掉队。在饭场上，爱说的可以多说，不爱说的可以只听不说。对大家讨论的问题可以表态，也可以不表态。遇到什么事，譬如翻修房屋时、春种秋收时，拿不准的，到饭场上说说，让乡亲们帮助合计合计。儿子娶媳呀，女儿嫁婆呀，拿不准的到饭场上说说，请老邻居参谋参谋。啥事儿你都可以发表看法，但换不换生产队长，你别乱说，你说了也没多少人接你的话茬，说不定大家怕惹是生非，端起馍筐走了，人一走，饭场也就散了。你自己怏怏地往家走时，就会后悔自己多嘴，说了犯忌讳的话。

107

大扁食

扁食就是城里人说的饺子。那时农村艰苦，扁食可不是寻常时候能吃到的，是逢年过节时的吃食。过年要包，正月十五要包，冬至要包，其他节日很难有这口福。

扁食分荤素两种，荤的我记得大肉白菜、大肉粉条两种。素的记得韭菜鸡蛋、槐花鸡蛋两种。除了馅儿有区别，包的形状也有区别，有的包得像一枚弯月，有的包得像一枚元宝。

我们那里过年时，兴相互串门拜年。前街有一家，论辈分我得喊老爷的，大家去拜年时，他们还正在吃饭。看到他们家的扁食包得特别大，小包子似的，一大碗只能盛三个，最多四个，大家都很惊讶。这样一传开来，该喊的称呼当面喊，背地都叫大扁食家，去大扁食家借点醋，去大扁食家借把镰。

后来，大扁食家儿子长大了，要成家。经媒人介绍，各方面条件女方还满意。女方也不光听媒人说的，恐有虚假，还要尽量打听打听，落实落实。女方的人到村口，见有个拾粪的老头，就装作不经意地打听男方情况。老头接话，你说的大扁食家吧，又热心地讲了大扁食的来历。结果本该成的媒，给冲散了，两家还生了一场气。以后谁再说起大扁食家就小心多了。

我听大人讲了，也觉得挺逗笑，故以记之。

刀 法

别错认为我在这里要谈武术，对武术我一窍不通，也别错认为我谈烹饪，都知道我不会做菜。谈谈离吃最近的，和用刀有关系的话题，美其名曰刀法。

我在安阳工作多年，没少吃滑县道口烧鸡。做好的烧鸡，要上桌待客了，总不能囫囵个儿上去呀。有的就用刀一剁，放盘里端上，坏了，味道大减。正确的吃法是，"此时无刀胜有刀"，手撕。撕后，装盘，上桌。愿吃鸡头吃鸡头，愿吃鸡翅吃鸡翅，愿吃鸡爪吃鸡爪，请便。

开封马豫兴桶子鸡的吃法，和道口烧鸡不同。你不能用手撕，也撕不动。要动刀，动刀也有讲究，要把鸡肉切成韭菜叶宽度，剔除大骨，部位不乱，切好码在盘里，好看中吃。如果剁成鸡块，那就糟蹋了这道美食。

再说个素的。最好的下酒菜，往往不是大鱼大肉，而是花生米呀、调黄瓜呀什么的家常菜。花生米炸煮和刀都没关系，不说，说调黄瓜，具体说是蒜泥黄瓜。这道菜，多半是喝酒中间临时加的。老板，来个蒜泥黄瓜！临时加的菜，是急口，做不好很难入味，不入味食客很难满意。

这时黄瓜忌切段儿，要用刀先拍碎再剁，作料随时入味。蒜泥必用蒜臼捣，用刀切得再碎，也不能叫蒜泥，吃起来也不是蒜泥味道。所以，有些人点此菜，还要叮嘱不烦：黄瓜要拍一下哈，蒜泥不要用刀切，要捣的哈。甭说，越是大饭店越吃不到地道蒜泥黄瓜，刀法不行，该用时不用，不该用时乱用。同学朋友，哪天到寒舍做客，我亲自下厨调盘地道的蒜泥黄瓜，别老笑我不会做菜，让你见识见识敝人的刀法。

徽　菜

绩溪名气不小，县不大，县城也不大，宾馆饭店也少。我们到时，大宾馆已住满了，我们住在了县文化交流中心。这里还有一块牌子：中国徽菜文化交流中心。

古徽州的府治在歙县，绩溪是一府六县中的一个县，我纳闷绩溪怎么就成了徽菜的中心了呢？细打听，徽菜发源于徽州，联系于徽商，那绩溪应该有份儿。关键是，现在的徽菜师傅十之八九来自绩溪，绩溪人认为自己就代表徽菜，其他县也没表示什么异议。

书上介绍的徽菜代表，什么红烧果子狸、火腿炖甲鱼等，对我们没有什么吸引力。果子狸现在不让吃，还有说就是它传染的"非典"。甲鱼河南大小饭店都卖，并且有多种烹调方法。我们关心的是特有食材，或特殊做法的特色徽菜。

徽菜第一道当数臭鳜鱼，我们一行中的两位女士，一个河南人，一个江苏人，不知何时练就了吃臭鳜鱼的本事，每餐必点。开始也没觉得怎么好吃，几天下来，竟也喜欢上了此菜。如果没有，觉得这顿饭少点什么。

再就是毛豆腐。我想它的发明，应该和臭鳜鱼一样。毛豆腐上了电视，有的店写着"《舌尖上的中国》拍摄地"，有的写着"正宗百年老店"。可见毛豆腐在徽州人餐桌上的地位了。

这个季节是吃笋的季节，鲜笋既可以清炒，更多的是配腊肉炖锅，是下饭的好菜。席上有一大盆腊肉炖鲜笋，我毫不客气地吃了两碗。

印象深的还有一道炒二石，食材是当地产的石鸡和石耳，味道颇佳。开车的师傅说石鸡是一味中药，有凉血止血的功效，当地多让产妇食用。石鸡多与毒蛇生活在一起，个体较大，有牛蛙大小。石耳也有凉血止血、清热解毒的作用。我记得庐山还生长一种绣花针长短的石鱼，也是产妇难得的补品。在井冈山地区，石耳、石鱼、石鸡都产，号称"三石"，很有名气。

有一种风味小吃，也值得一说，叫挞馃，是徽州人的日常食品。有点类似河南的肉盒。当年，梅兰芳在上海，慕名到徽菜馆大中楼吃挞馃，吃后还为饭店题词：徽州挞馃，古风古味，名不虚传。大中楼因此声名鹊起。

胡适是绩溪人，他当驻美大使时，经常用老家的一品锅待客，这回吃了几次，印象不错。一品锅里分成若干层，最底层铺萝卜丝、干豆角、笋片等，再上边有猪肉、鸡块、鸭块、炸豆腐、肉圆、粉丝、青菜等，最显眼的是最上边一层蛋饺。适宜冬天吃，实际上就是一种什锦火锅，上桌时热气腾腾，香味四溢。火锅，能挂上一品的招牌，就显得金贵多了。

烩 面

烩面是郑州著名小吃。河南人出国出差，如果时间超过一个星期，回来总要先吃碗烩面，以慰思乡之胃。

在郑州，萧记烩面现在很有名，不过历史早的还是合记。大学毕业来郑州工作，隔段时间去吃碗合记烩面，过过瘾。当时合记烩面馆在二七塔跟前，屋里虽然放了些桌子和条凳，但吃家多，桌凳少，我基本是蹲客。端着碗，蹲在店外墙脚吃，很像农村的饭场。吃完，碗就顺墙脚一放，抹着嘴走人，一副志得意满的样子。南方人看到墙根儿有一溜白色大海碗，那阵势能吓半死。

合记后来搬到工人新村，烩面馆多了，去吃的次数就少了。我家在顺河路住了很长时间，顺河路和东明路交叉口拐角处，有一家萧记烩面，是我经常光顾的地方，原因是离家近，质量也不错。我每次都点一盘凉调豆腐丝，一瓶啤酒，一碗烩面。吃烩面时不再放桌上的辣椒，涮豆腐丝上的红油，辣度轻重，多涮两下，少涮两下，非常好掌握。别看简单，吃过也是酒足饭饱。然后沿金水河溜达回家，心满意足地去忙乎自己的营生。

随着工作的变化，要招待客人。外地的同志来了，领导机关的同志来了，唯恐慢待了，就上海参呀、鲍鱼呀，贵得吓人。最后说吃顿烩面吧，吃了，客人说：这几天就这顿饭好吃！这席饭也就是前几天一个人吃的价钱。

中央出台八项规定以后，烩面馆成了热门饭店，有客人来了，想招待吃烩面，有时还订不住房间。在烩面馆就餐，既符合上级精神，又宣传了河南小吃，客人又满意，主人又节约，何乐而不为呢？

河南是中原腹地，八面来风，各种菜都能在郑州落脚，河南人都能接受。川菜呀，湘菜呀，粤菜呀，淮扬菜呀，在郑州都能找到专门的馆子，不然怎么叫中州、中原呢。

河南的烩面，等于把馍菜汤都放在了一个碗里，烩面的"烩"字，已标明了这种小吃的制作方法。省事，河南人吃碗烩面，一切 OK。

豆腐乳

    豆腐乳绝对是小菜，但小菜也有个质量高低，形式差异。上大学之前，我在县针织厂工作，早饭的佐餐小菜，只要块豆腐乳就行，即使有其他菜，豆腐乳也是少不了的。

    家乡柘城的豆腐乳，那才叫真正的豆腐乳。那酱色是从里到外的，吃时淋几滴麻油，那个香是纯纯正正酱香，没一点别的味儿。

    离开家乡后，可能是谁不说俺家乡好的习惯思维，对别的豆腐乳都看不惯，或觉得不正宗，或觉得欠火候。有好长时间，宁愿欠口，也不尝试。有一种是外边一层红糊，里边白茬，觉得没酱透，不吃。有一种里外颜色倒差不多，但灰灰的，没一点酱色，这怎么能叫豆腐乳呢？不吃。还有一种更绝，颜色不说，用筷子都捣不烂，非亲自下嘴咬不行，铁块一样，咋吃？我可不是有意攻击别个。时间长了，该吃也得吃呀，有些觉得味道也挺不错，但觉得到底没有我家乡的好。

    家乡有个同学来郑州找我帮个小忙，不违背原则，我也乐意帮。一进门我看他手里提个包，心里就有几分不舒服。老同学，搞这干啥？他要打开包往外取东西，我立即制止，说："你不是有事找我吗？快说你的事，我一会儿要开会。"事情很简单，一会儿就说完了。我还是不让他打开包，催他离开。他急了："事办就办，不办拉倒。别以为我会给你屙金尿银，但这些东西，我背过来不能背回去，不吃你扔喽。"话说到这儿，我只好任他打开包。他取宝似的，先掏出一包绿豆丸子，又掏出两瓶酱瓜，最后又掏出两瓶柘城酥制豆腐乳，我不禁两眼放光。我照他腰里捶一拳，指着他说："你这货鬼精，成送礼高手了。"他也大笑，指着我说："神经病，你好哪一口我还不知道。"

晚上下班后，我和同学两人，两菜：一盘酱瓜，一盘豆腐乳，一瓶宋河，各分一半。主食绿豆丸子，想吃从塑料袋里取出就塞嘴里。动火焰的就一电水壶。喝着说着，不知不觉都歪在沙发上睡着了。第二天早晨醒来，发现每人吃掉了三块豆腐乳。我说家乡的豆腐乳好，你看，不但下饭，也能下酒。

早 点

关于早点，能说可说的东西太多，你想想，谁不吃早饭呢？这里选取配伍的角度说说，再限制一下，只说河南的早点。

郑州是省会，先说郑州。郑州的早点，典型的是豆浆配油条，刚参加工作那阵儿，机关没食堂，每天早晨去纬三路菜市场吃早餐，有家餐馆，记不清名字了。油条炸得暄腾透亮，豆浆的质量白而无渣。两根油条，一碗豆浆，一碟咸菜，几乎成了我的固定食谱。当然，如果你不愿喝豆浆，可以喝豆腐脑；不愿吃油条，可以吃包子。但总觉得前一种是标配，后一种是变例。郑州到处都有胡辣汤馆，喝胡辣汤咸辣已具备，最好配油条或水煎包，这样可以冲淡中和胡辣汤的咸辣。当然各人口味不同，口味重的换成油饼，甚至换成肉盒，亦无不可。

在郑州早晨喝羊肉汤，也是不少人的所爱。羊肉汤最好配锅盔，如嫌锅盔硬，可以换成软饼，直接吃、泡汤里吃都行，很筋道。灵宝羊肉汤，也叫虢国羊肉汤，一般配火烧。其实原产地标配的是肉夹馍。肉夹馍这种食品的名字很有意思，明明馍夹肉，偏偏叫肉夹馍。

永城的粥，这些年在郑州也很流行。它是用小米黄豆做的，香滑顺溜，号称不用洗碗。喝完了，碗里干干净净。粥和牛肉煎包是标配，配别的别扭。好像人家一对夫妻，你愣给人拆开，不好。

如果去开封吃早点，就不好配伍，因为它的品种多，本地人，每天吃，可能形成个自己习惯，专吃那两三样。外地人就不行了，好不容易去一次，恨不得能多吃一种是一种。好像是游行队伍，随便插进来一个，无所谓。

洛阳、南阳人，早晨都爱喝牛肉汤，都夸自己的好，连广告词都一样：男人的加油站，女人的美容院。他们喝牛肉汤，一般都是配烧饼。

在我们家乡，吃早餐时，可以代替豆浆、豆腐脑的有一种食品，叫小豆腐汤。摊子扎在油条锅附近，单卖。顾客可以吃那边的油条，喝这边的小豆腐汤。小豆腐汤的食材并不复杂，有豆腐、海带等，关键是面筋穗，这是搅面糊用力打出的面筋，看着像飘在天空的云缕。盛后一定点些醋和麻油，提出汤的鲜劲儿。多少年没有吃过了，那是家乡的味道呀！

紅塵滾滾記

筆胡辣湯製作方法原料

調料為薑精鹽味精醬油筆適量

一胡辣湯料胡椒辣椒熟半肉羊骨高湯麵筋

後時適量麵筋起鍋盛湯依據個人口味放入

鐘即成其木耳酥肉輔料雞油適量胡辣湯彩色料適量半肉羊骨高湯麵筋粉條加粉芡

製作過程先在鍋中水加入島湯放入適量水加入島湯放

調料胡椒彩一鍋燒開加醬油一勺油加蔥絲豬肉絲海帶絲木耳絲酥肉塊粉條

清和蔥絲鍋水加開油加蔥絲燒開加肉絲木耳絲酥肉帶絲

古為筆氏胡辣湯而莊做洋其湯喜喝其人生筆迎戊戌秋鄭湯傑記

绿豆丸子

我们家乡的绿豆丸子，不客气地说，在别处没吃到过。

我不会做饭，更不会做菜，但家乡绿豆丸子的做法，见得多了，想在这里说一说。第一步要将绿豆在石磨上磕开，磕前将石磨垫一垫，让上下磨盘之间的间隙扩大到既能把绿豆磕开，又不能碾压太碎。磕不开无法泡制绿豆黄，太碎了，成面了，无法磨成绿豆糊。第二步用水把磕好的绿豆瓣，过两遍清水，冲去面粉，再用大盆清水泡上，约两三个小时豆瓣泡泛后，反复搅动，使皮与肉分离，用柳条编的小笊篱，把绿豆皮撇干净，把绿豆黄放在小石磨上，磨成糊。没有小磨，大磨也成。糊里除盐和葱花外，最好不再放其他东西，保持纯正，然后入油锅炸出即可。干吃也行，煮汤也行，切记煮汤时丸子要晚下锅，下早就碎了。

绿豆面炸的丸子，相比是本香不行，松软度也不行。我说，那就不能叫绿豆丸子，它叫绿豆丸子，实有冒用著名商标之嫌。但它确实又是绿豆做的，真给它起不出个名副其实的名字来，只能叫绿豆面丸子。别的材料炸的丸子，我还没发现超过绿豆的。

小时候在家过年，日子不宽绰，吃食上，白馍和肉，是有客人时吃的，顶多是吃饭时吃的。小孩们没有什么零食吃。没有瓜子，没有水果糖，没有点心，绿豆丸子就是零食，蝎子屁股独一份。记得每逢过年，奶奶总给父母亲安排："多炸点丸子，小孩子们爱吃。"炸好丸子放在一个大盆里，上边扣一用谷草编的草篷子。草篷子上再压些重物。老鼠是防住了，我们小孩子家取着也费力，弟弟妹妹们，估计没我支援，很不容易吃到。大人在跟儿不拿，没人时再拿。一天三四次，一次四五枚，可以吃一个正月。在农村总说，到了二月二，年算结束了，我觉得应该以绿豆丸子吃完为标准，吃完了，年就过去了。因为和年有关的东西没有了，绿豆丸子都没了，那还能叫过年吗？

　　现在过春节，老家就捎来一些绿豆丸子。早饭时，妻上锅用小碗馏十来个。让妻，妻不吃，让女儿，女儿不吃。我不明白，这么好吃的东西，她们竟不愿吃，可别怪我吃独食儿。

　　今年正月初八，德山兄请吃饭，凉菜还没上来，我发现旁边桌上放一包绿豆丸子，他家是永城的，做法和我们家一样，好吃。他们抽烟，我吃丸子。凉菜上来，喝着酒，不叨菜，就丸子下酒。德山兄急了，赶快命人把丸子拿走。

说："你这人真不像话，其他菜不吃光吃丸子，这还算个酒场吗？"我说："得，罚酒一杯！"一圈人笑我乡巴佬。还有的说，他吃一肚子丸子，罚他一壶也没问题，能渗下去。众怒难犯，再罚一杯，认了。谁让咱好这一口呢。

红薯

一

红薯有好多别名，什么甘薯、红芋、地瓜、红苕等，多了去了，南北方都产，也证明了它的普通。红薯有好多品种，即使同一品种，在不同的土壤条件下，质量、味道也会差别很大。

红薯产量高，一亩地可产五六千斤，这是其他粮食作物不可比的。20 世纪六七十年代，为了解决温饱，上级号召大种红薯。红薯成熟后，可以窖存，吃鲜的，也可以切成片，晒干，当粮食用。晒红薯干这活，我可是年年干，最危险的环节是切片，两片锋利的镲刀，刮破手是经常的。切好后一片一片摆到地里晒，三四天才能全干，干了又要一片一片捡，整个过程的劳动量之大，至今还有恐惧感。但最糟糕的不是劳动，而是中间遇雨，遇连阴雨，眼看着到手的果实发霉，甚至烂掉，那可是活命的口粮啊！

保鲜的红薯都放到红薯窖里，窖口越小，密封越好，越容易保鲜。因为窖口小，大人一般下不去，所以去窖里拿红薯就成了小孩子的专利。在窖里，即使红薯没坏，窖里那种霉味，扑鼻而来，呛得头晕，赶紧拿够出去，一会儿也不愿多待。回想起来，那味道有点像现在爆表时的雾霾。

鲜红薯可以煮着吃、烀着吃，还可以加工成粉条，这个可是农家菜的主角，肉买不起，鸡蛋要留着换钱，所谓鸡屁股银行。青菜，生产队里只种大葱，了不起再种点白菜、萝卜。有客人只能让粉条粉墨登场了，凉调呀，热炒呀，蒸包子呀，包饺子呀，都是它。那时候，每年冬天搞农田水利建设，挖河。活很累，但可以吃上花卷和猪肉炖粉条，所以大家还有点积极性。可猪肉炖粉条里，基本是粉条，有人翻好长时间，找不着猪肉。笑骂：这猪肉让狗吃了吧。侥幸碗里有两片猪肉的，就接上：你干活那么滑，有粉条吃就不错了，再吃猪肉你都变成猪了。

红薯干可直接煮汤，我们那不叫汤，叫红干茶。我每想起来，觉得是穷开心，总觉得和茶不怎么搭边儿。红薯最主要的做法还是磨成面，可以加工成好多花样：蒸窝头，贴饼子，漏饸饹等。有句顺口溜是：窝窝头，蘸秦椒，越吃越上膘。

红薯汤，红薯馍，离了红薯不能活，真是那时候日子的生动写照，馍菜汤都是红薯。吃红薯多了，最大问题是烧心，吐酸水。时间长了，条件反射，看见红薯就烧心，想吐酸水。印象最深的是上高中时，一张嘴就能吐出酸水来，像下雨时的檐溜一样，连续不断。进城了，工作了，有人说烤红薯真好吃，我从来不吃。后来又说红薯是最健康的食品之一，能防癌。我觉得是谁吃饱撑的，在那里瞎掰，我宁愿吃那不健康的烧饼夹肉，把健康的红薯都让给他们。但我不反对别人喜欢吃，萝卜白菜，各有所爱，反正我不吃。

　　我现在不吃红薯，还在没良心地说红薯的坏话，从内心讲，我仍然感谢红薯，否则，那困难的日子怎么过呢。没有红薯，我的身板说不定停止在半残废状态了。红薯君，这厢有礼了。

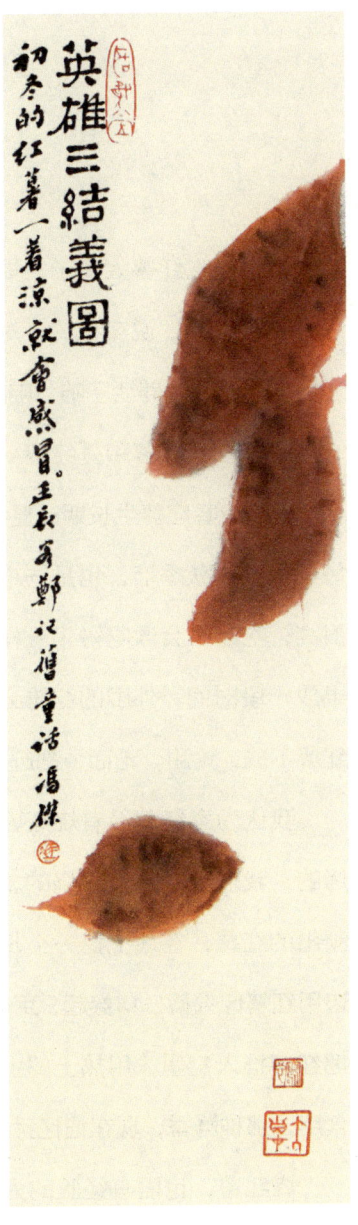

英雄三結義圖

初冬的红薯一着凉就会感冒，正在为郑渊洁童话 冯骥

二

小时候吃红薯太多了，提到红薯胃就泛酸。上次说了红薯不少坏话，说实在的，对红薯也不完全只有坏印象。理性讲，是红薯养活了咱，咱就得也说说人家的好。

红薯分春红薯和夏红薯，种的时间有早晚，收获时间基本一致。春红薯生长期比夏红薯长，自然比夏红薯好吃。每年快到收获季节，也是一个良好的企盼。春红薯淀粉度很高，吃起来会像吃饼干一样，不小心散落很多碎粒。如果放一段时间，外围的淀粉会糖化，吃起来面甜如栗。夏红薯不成，论甜，论面，都赶不上春红薯。

我认为煮红薯没有烧红薯好吃，现在城市里是用炉子烤的，我们那时是直接烧的。特别在收获季节，满地都是刨出的红薯，在地上挖一个长形窑坑，一拃多深就行。上边用红薯像券桥一样券起，用柴火直接烧，烧到一定火候，把红薯推入窑里，用热土闷上，不消很长时间，即可扒出食用，那种鲜香，现在记忆犹新。

烧红薯，也需有经验的人才行。譬如窑坑的方向必须逆着风向，否则浪费柴火，还烧着吃力。有一次，二伯领着我们几个小伙伴烧红薯，挖窑坑时，他抬头问站在一旁的儿子，看哪风？这需要抓一把细土向空中一撒，尘土飘的方向，就是风的方向。结果，我那老弟，拾一块很大的坷垃，向空中一撂，坷垃直上直下落地。答，上下风。把二伯气个半死，一抬脚把弟弟踢出好远。我叫你上下风！好，"上下风"成了我这弟弟一辈子的绰号。除了把握风向，还要把握火候。内行人烧得恰到好处，外行人担心烧不熟，总是烧过，结果吃的没有扔的多，糟蹋粮食。

红薯加工成粉条，应当算精加工了。因为从一般食品上升到了副食品，上升到了菜的级别。可以和豆腐白菜一起炖了吃，再高级点可以和猪肉一起炖。猪肉炖粉条，那可是农民一年到头也难吃一次两次的大菜。

红薯面不能做面条，如果勉强做，需要加少许豆面。还有一样不可缺少的，是榆树皮粉，黏度高，不加擀不成面条。其实这样做，下锅前，像面条，煮熟后，仍然有点像糊涂，但我们叫面条。名不正则言不顺，说吃几碗面条，不能承认喝几碗糊涂，那不一个档次。上高中时，肚里实在没油水，下了晚自习，再跑几里路回家，让母亲做这糊涂似的面条，能一次吃三到四碗，然后再走几里地赶快回校，因为第二天有早操。我们几个同学相约回去，都说回家吃面条，不说回家喝糊涂。

穷而且工，把红薯面加工到极致的是饸饹，我们那里叫漏蛤蟆。用高粱秆篾子编的漏子，把红薯面煮成糊状，下面放一盆凉水，把红薯面糊用漏子漏下去，成蝌蚪状。吃时捞起，加葱花、酱油、蒜汁，吃时不需要咀嚼，只需上下唇一扁，就直接吞下，主体味道不加辨别，只留下调料的味道。这种吃食，做时费事，吃时十分钟八分钟，就能吞两三碗。我后来看到穷开心这个词，就能想起家乡的漏蛤蟆。噫，这发明不登记专利都亏，有技术含量，也有文化含量，简直是一门艺术，厨艺。只是不知发明者是哪位高人。

毛血旺

毛血旺郑州也能吃到，但正宗的还是四川、重庆，用的是鸭血、毛肚、鳝鱼、火腿、杂碎、豆芽等，麻辣鲜香，开胃下饭。我比较爱吃这道菜。

开始不知道菜名由来，后来才知道，西南地区都把血叫旺子。毛血旺就是主要以毛肚和鸭血为食材的菜。

前不久去四川大邑安仁古镇，镇上有很多博物馆，如刘氏庄园、建川博物馆、钱币博物馆等。刚进镇子，就看到一个招牌：庹血旺。庹，我知道是姓氏，是长度，心里琢磨，难道还是一种叫庹的烹调方法？一时也没动问主人。直到又看到李血旺、刘血旺，才明白那里是庹家的饭店招牌。

我们中午吃饭在一家叫郭鸡肉的店，对面是一家叫李鸡肉的店。据说最有名的店是黄鸡肉，那家可以一鸡十一吃，一鱼八吃。

我给主人开玩笑：按你们这个起名法，毛家卖血旺，就叫毛血旺。那要姓生的卖鸡肉，店名就叫生鸡肉？一席大笑。

要说这种起名法，也是四川人的传统，不是有名菜东坡肉、东坡肘子、东坡豆腐吗？

香 烟

　　我断烟已有四年了，每每说起，不少人夸我有毅力。我说，断烟是没毅力的表现，如果有毅力，自己控制每天只抽三五支，我一天抽两包多，嗓子整天有痰，不断不行。

　　以前不断烟时，总给自己找理由。我这当农业厅厅长的，农民种的烟，我要不带头抽，能算热爱本职工作吗？在河南农大工作时，学校的烟草专业在全国是知名的。经常和烟草专业的老师交流抽烟心得，什么抽烟不招蚊子呀，抽烟不得"非典"呀，烟对人的益处尚未发现呀，等等。得了高血压、高血脂以后，医生劝戒烟。戒几次都不成功，反而落个笑柄：你又戒烟了？我给几个搞烟草的教授开玩笑，你们能研究出有针对性的卷烟吗？高血压的人一吸血压降下来了，高血脂的人一吸血脂降下来了，高血糖的人一吸血糖降下来了。几个教授笑了，说：你这题目出得好，看来我们有干不完的活呀。

　　参加工作后，偶尔回老家一次，没进村先把香烟打火机准备好，逢人要让支烟，碰到长辈要恭敬点上。不然人家会说，现在你混赖了，连根烟都不让，不好的议论就出来了。有个在另一个城市工作的小时候的玩伴，回村去不让烟，乡亲们就给我说他不行，看不起老家人。我想替他打圆场，说他可能不会抽烟。结果有人接腔：他不会抽有火那头。我笑得不行。他们给我讲了个故事：一个在外边工作的人，回老家时兜里装了孬好两种烟，见干部让好烟，见社员让孬烟。有一次掏错了，碰见社员也掏成了好烟，他能把好烟装回去，从另一兜里掏出了孬烟，结果他再让好烟，也没人接了。一传十，十传百，全村人都当笑话讲。

　　小时候不抽烟，见大人们都抽旱烟，用烟袋抽，或用报纸卷成喇叭筒抽。好抽烟的人，在墙根屋角种几棵烟叶，叶子收下后，用绳子扎成排，挂屋檐下晾干。什么时候吸时，摘几片放火上烤焦揉碎，就可以抽了。一支烟袋在座的人轮着抽，有的烟叶抽完了，不凑手，摘把干豆叶也可以抽。我们那儿有句巧骂人的话：不就是牛（读 ǒu）嘴里冒烟嘛。现在回村里，见不到抽旱烟的了，只要抽，都是过滤嘴卷烟。只是当年那些玉嘴、木杆、铜锅的旱烟袋，还有那绣着花的烟荷包，不知都扔哪儿去了，真想找一副保存着。我的吸烟历史还真要从吸旱烟说起。不常吸，可不是没吸过，趁大人不在跟儿，嘬两口，招呼不好，呛得咳嗽半天。咳嗽，也挡不住偷抽，结果没怎么用功就学会了。

133

三虾面

　　到南方出差，吃饭时从不点面条。有一次去九江，出差几天了，几个人实在想吃顿面条，满大街找面店，都说不卖面条。最后终于找到一家饭店，说可以给做，大家高兴莫名。面条煮好端上来，一看，别说其他青菜，连葱花也没有，就是白水煮面条，连盐也没放，大家你看我，我看你，不知怎么吃。服务员一看明白了，北方人吃面条讲究，赶快送来了油盐酱醋。我们自己调拌一下，总算吃到了面条，味道可想而知。我说的这是二十多年前的事。

　　现在南方饭店里也供应面条了，也注意调料的运用，也注意搭配青菜时蔬，但味道还是不能和北方比。所以，去南方出差，很少吃面条。

　　前两天有事去苏州，早晨起来，朋友带着去裕兴记吃三虾面。我在吃的方面并不讲究，兴趣是吃有特色的地方小吃，但听说是面，不抱什么大的希望。

　　朋友和饭店老板很熟，老板娘很热情，把我们让进雅间，倒上茶水。在面上来之前，朋友给我们先做了个介绍。说裕兴记是苏州比较有名的饭店，裕兴记的三虾面更有名。

虾用的是太湖白虾，当地渔民称为"蚕子虾"。"三虾"，指虾籽、虾脑、虾仁。三虾剥离都是人工，剥虾的工人少说也有一二十个。虾籽很小，圆珠笔头钢珠大小，虾脑也就绿豆般大小，虾仁当然大些。把三虾烹调成浇头，虾仁、虾脑沾满虾籽，色香俱全，然后用来拌面。面要韧滑，不能煮太烂，要有嚼头。看来朋友是个吃货，讲得我们口舌生津。

　　先上来的不是面，而是几碟小菜，咸菜丁、青豌豆等，半碗开胃鲜汤。面和浇头上来以后，服务员帮助搅拌，似乎里面也有技术含量，所以没让我们亲自操作。三虾面吃起来，有鲜、香、嫩、滑的特点，苏州人把三虾面比作苏式面中的劳斯莱斯。一碗三虾面，颠覆了我南方无好面的陈旧思维。北方朋友去苏州，一定尝尝三虾面，充满了江南水乡的温润，确实好吃。

马眼枣

枣树在我国是一种常见的果树，品种繁多，分布区域广，栽培历史长。它性温甘甜，补血益气，和桃、李、梅、杏并称"五果"。我今天想说的是马眼枣，只生长在苏州太湖三山岛上。

我最近和朋友去了一趟三山岛，发现了正成熟的枇杷、刚落花结果的橘子，但同时发现了遍布岛上的枣树，这大大出乎我的意料。按我的常识，枣树适宜生长在北方，生长在苦寒的地方，这枣树何方神仙，竟生长在江南水乡，生长在烟波浩渺的太湖，生长在这人间蓬莱三山岛上？

朋友说，这枣，形状像马眼，所以叫马眼枣。特点是粒大水足、酥脆甘甜，据说是贡品，要送给皇帝吃的，现在，当然进到寻常百姓家了。这枣只产在三山岛，周围即使有零星分布，也以三山岛为正宗，质量最上乘。

朋友说，这枣，听岛上人讲，是宋代开始栽培的。因为三山岛产太湖石，朝廷弄好多北方人来挖太湖石，这些劳工从家乡带了枣子充饥，吃过枣肉的枣核，随处乱扔，所以就长出满岛的枣树。但这些枣树受三山岛湖水岛土的特殊滋养，已经化育成新的品种，这就是马眼枣。每年八月枣子成熟时，苏州市民和外地游客会纷纷登岛，亲手采食这时令佳果，全岛到处呈现着、沸腾着甜蜜枣香。

　　晚上，村支部吴书记招待我们几个所谓专家。菜是满桌湖鲜，湖鲜者狐仙也，有人一边大快朵颐，一边还企盼着晚上再做一个聊斋之梦。酒是枣子酒，吴书记介绍，此酒，以白酒为基、岛枣为马，长期浸泡而成。秋风沙场，酒枣和合，人马如一，喝后遂有神清气扬、驰骋万里之志。有位仁兄，本不擅酒，白天耳朵塞满了马眼，晚上只把枣酒当花雕，浮三大白后，即进入气扬状态，驰骋恐怕不行了，两人扶回住处休息。第二天早晨起来，我看他精神有些萎靡。问，梦狐仙否？答，还狐仙哩，天明就被夫人剋了一顿，说昨天是什么"5·20"，我不陪她，跑到一个岛上，喝得烂醉，还不接她电话，让回去说明白。一屋人发出幸灾乐祸的笑，马眼也在笑。

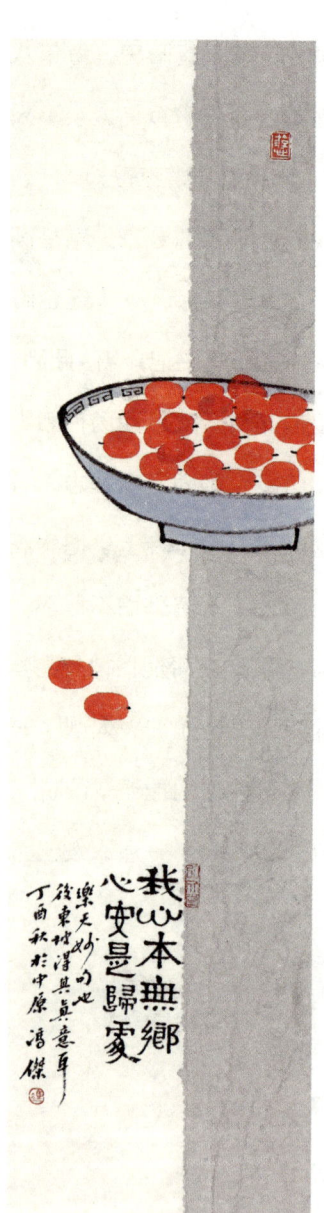

大 蒜

北方人爱吃大蒜。南方人看到北方人拿起蒜瓣，咔一口咬去一半，并嚼得脆响，既为之掩鼻，又自己心焦，因为吃蒜辣心。

我是道地食蒜一族，娃娃功。但有公共场合活动，还是尽量不吃，少吃，有时不得不吃。譬如捞面条，没有蒜汁，那还叫捞面条？为了尊重别人，吃后要想法净口，方法很多，今天不谈这个。

说吃蒜是娃娃功，你别不信。那时农村，除了辣椒，就是葱姜蒜。生葱也吃，但吃葱的冠军奖牌早已被山东人摘走了，多说没用。姜少，比蒜贵，也没见谁一手拿馍，一手拿姜，就着吃的。辣椒不调吃不下，哪怕只用盐，也要调了再吃。我真佩服毛主席，他能拿起来就吃。比吃辣，湖南是能数得上的。四川可能不服气，但四川是麻辣。大蒜不同，调后吃固然滋腻，抓起来就吃也行。抓起来就吃，可不是连皮吃掉，而是边吃边吐皮。就像有些人吃鱼，不带择刺的，随便夹块鱼放嘴里，吃鱼肉的同时，鱼刺就从嘴角吐出来了，你说没功夫行吗？我吃大蒜不用剥皮，只要干净，拿起来就吃，也不会把蒜皮吃下去。

大蒜先吃到嘴的不是蒜头，而是蒜薹。种大蒜的常识，蒜薹出来必须提掉，不提掉蒜头长不好，养分都供蒜薹上去了。蒜薹和蒜头都是长远菜，既可鲜食又可腌制。发育到一定阶段的大蒜叫蒜苗，也叫青蒜，如果不让见光，长出来的叫蒜黄，那味道非常鲜美。蒜苗、蒜薹、蒜头都能吃，都是菜，大蒜这些特点，别的蔬菜不好比。

收麦时节，去地里时带几头大蒜。干活中间渴了，就用一个空酒瓶，系上绳子，从井中打瓶井洼凉水上来，一边喝水一边吃蒜瓣，解渴，是不是还有消暑的作用，我说不清，但消毒是肯定的。我想，夏天里井洼凉水就蒜瓣，和城里人喝冰镇酸梅汤差不多。

三夏大忙季节，人们劳动强度大，食欲差。要吃点好的，改善生活，可不是去集上买肉，而是煮上鸡蛋，捣上蒜泥一拌，我们叫鸡蛋拌蒜或蒜泥鸡蛋，然后用烙饼一卷，一气吃四五个，立马浑身是劲儿，活再累也不怕。

要是肠胃受了风寒，腹泻不止，农村人有几个去抓药的？吃两顿蒜焖面条，包治。做法是捣少半碗蒜泥，热面条捞出来放蒜泥上一焖，不一会儿蒜泥熟了，拌一下，吃两碗，比药都灵。要说应该叫面条焖蒜，没谁深究，我们就叫蒜焖面条。三门峡的肉夹馍，不明明是馍夹肉嘛，叫肉夹馍，那也是名小吃啊。

大蒜可以捣成蒜泥当调料，如今饭店以蒜泥开头的菜名有蒜泥黄瓜、蒜泥茄子、蒜泥白肉等。我不赞成用刀切的方法制作蒜泥，切得再碎、刀工再好，也不如用蒜臼捣出来的蒜泥，两者吃起来味道差远了。有时去饭店，点菜时，说要个蒜泥黄瓜，后边要加一句，蒜泥要捣的，不要刀切的。

整个蒜头可泡制成糖蒜，成瓣的可以冻成绿蒜。糖蒜、绿蒜都是长远菜，能吃好长时间。

农家收获大蒜后，有的辫成蒜辫挂在屋檐下，能增加很多丰收喜气，表明日子过得殷实。

说 茶

我小时候喉咙痛上火时，奶奶用柳叶煮茶给我喝。回忆起来，家乡的所谓茶，和城里人说的茶，差别太大，或者说根本不是一回事。

家乡的茶，几乎等于白开水。有客人来了，说赶紧烧茶，那就是烧开水。有暖水瓶后，可以趁做饭的余温烧开水，用暖水瓶贮起来。有客人来，说赶快倒茶，茶就是暖瓶里的开水，水里是不放任何东西的。有讲究人家，放点红糖或白糖。茶具就是吃饭的碗，或仅有的搪瓷茶缸。

那时一天只吃两顿饭，生活紧张呀！你想，连啥时吃干，啥时吃稀，毛主席都发过最高指示。早饭午饭叫饭，所以见了面都问吃过没有。后来见有人说，按马斯洛的说法，中国人的问候语比西方低一个层次。中国人的"吃了没有"，属于生存需要，西方人的"古的卯宁"（good morning），属于安全需要。这种说法正确与否，我没琢磨过。但要饿你一个星期，恐怕想要的是馒头米饭，而不是什么"古的卯宁"或"今的卯宁"。晚饭既然没饭，但人们劳动一天，饥肠辘辘，也难以入睡。特别是小孩子，疯跑疯玩，午饭的面条，早消化得没了踪影。于是大人们就烧点开水，吃点剩馍剩面。先紧小孩子吃，剩下了大人吃，不剩下大人喝碗开水就迁就着睡了。还自欺地说："床上是盘馍，躺下就不饿。"反正这话我当时就不相信。晚饭既然这样草率迁就，变得可有可无，自然身份比早饭午饭低了一等，问候上也有差别，见了面早饭午饭问吃了没有，晚饭变成了喝过茶没有，即使有，还是白开水。到现在我都觉得广州人的早茶晚茶把名字叫错了，乖乖，配那么多吃食，还叫茶，不错才见鬼哩。

　　我把老家的茶说得太苦寒了，其实我们招待客人，有时也大方得很。譬如一群公社干部来到村里检查工作，累了到村支书家休息休息，碰见平常关系好的，支书招呼老婆烧茶。这时有人会说，你这家伙，别光嘴甜，整天请来你家吃饭，谁会跑你这地方吃饭，跑半天了，别清汤寡水的，弄点实在的。支书说，那当然。茶烧好，一人碗里卧两个荷包蛋，大家喝得心满意足。临出门时，支书趴那人耳朵上小声说，一帮二蛋。那人说，你小子真坏，我想一般待客都是三个以上，今天只打了两个，原来你小子是憋着坏啊，既省了鸡蛋又骂人。大家听了，哄堂大笑。

　　我们把白水荷包蛋叫鸡蛋茶，那是有贵客才做的，一般一碗打三个，客人吃两个，剩下一个，这样主客都有面子。还有一种贵客，是回门女婿，可以一碗打六个。结婚后第一次陪新娘回门的新女婿，一看满满一碗荷包蛋，懵了。这时候能给新女婿开玩笑的女眷，笑嘻嘻地说，我们这规矩可不能吃完呀，吃少了也不行，这可是你岳母娘专门安排做的，最好吃五个，最少吃三个。天爷，你要吃五个，中午饭都省了。实际上你吃多少都行，不吃不行，不吃似乎短了礼节。吃完也不行，你要一口气吃完六个荷包蛋，人家不说你傻才怪哩。

由于根底太差，喝这多年茶，也就是基本能分出绿茶红茶，为什么说基本呢，因为我是看茶汤分的。由于保存技术和保存设备都差劲儿，有时候我的绿茶泡出来也是红汤。在桌上，一听谈茶就发慌，生怕出乖露丑，贻笑大方。不瞒您说，就是从小喝的鸡蛋茶，现在也就一个荷包蛋的水平。

天下之味適口為佳天下之士無欲為貴

戊戌立冬日翻出辛蒸舊作為之補白也 自認妙語 但茶壺不語 馮傑一哂

得莫利炖鱼

全国省份走遍了，就缺黑龙江了，近来正巧有工作的事，需要到这个最边远的省走一趟。我说最边远，可不瞎掰，祖国的最东端和最北端都在黑龙江，四极，人家占了两极。东极在黑瞎子岛，建有东极宝塔。北极在漠河，连名字都叫北极村。

行前有朋友告诉我，黑龙江有个得莫利炖鱼，最好能去尝尝，囫囵鱼锅里一扔，炖熟上桌，鲜美豪气。真还被他说得口舌生津。

到黑龙江，我还真惦记着得莫利炖鱼，吃饭时向当地朋友打听。朋友告诉我：顺路，顺路。那个村的饭店几十家，都是得莫利，我有个熟快地方，让他给你们安排好，既保证质量，也节省时间。我们说，那好呀。朋友随即打电话进行了安排。

得莫利，是紧靠松花江的一个普通渔村，世代打鱼为生，属于哈尔滨郊区方正县伊汉通乡。

得莫利在满语中是"码头"的意思，建村历史也就百来年样子。说是20世纪80年代，村里一对老夫妇，在路边开了间饭店，招待过路客人落脚吃饭。主菜就是炖鱼，主要炖当地鲤鱼。炖时配以五花肉、粉条、豆腐、白菜等，味道鲜美，绝没有鲤鱼的土腥味，很受客人欢迎。生意越来越火，饭店也越办越多。村名是得莫利，所以饭店名都叫得莫利炖鱼，只在得莫利前加几个字，以示区别。譬如老张家得莫利炖鱼、老王家得莫利炖鱼或者是老李家得莫利炖鱼。

朋友介绍的这一家，生意好到翻台，前边客人没走，后边排队候座。主菜炖鱼，一个大搪瓷盘，中间卧两条大鲤鱼，辅以粉条、豆腐等，味道鲜美，名不虚传。其他菜量也很大，大家吃得热火朝天，心满意足。胡诌几句顺口溜，以记此次平凡而有特色的食历：

小村得莫利，松花江水边。

出没风波里，世代勤张帆。

整鱼铁锅炖，味送十里鲜。

偶然过此地，朵颐快嘉餐。

辣　椒

样儿，比我小一岁，但按辈分我喊他叔。

我家有几棵桃树，有一天样儿正偷摘我家的桃，被我逮个正着。我猛然出现在树下，他还在树上没下来，想逃跑都来不及。

样儿从树上下来，尴尬地站在我面前。我问他咋办，他说，俺家又没桃树，我没法赔你。我说，你们家有啥呢？辣椒，朝天椒，金黄金黄的，辣得很，你愿意摘多少都行。

我们俩一块儿到他们自留地里，一看，就只有辣椒，别的还真没东西赔。好，就要辣椒吧。

我只穿个裤衩，总不能把裤衩脱了盛辣椒吧。于是我就两手拢在肚前，让样儿摘了放我手上。样儿说，好，你能抱多少我给你摘多少。

小孩的手小，那辣椒个头也小，就那也只能抱二十来个。刚开始觉得肚皮痒痒的，一会儿有点疼，越来越疼，我赶紧把辣椒扔掉，肚皮红红的，火烧似的疼。样儿一看也慌了，害怕出事。他看我难受劲儿，建议跳坑里，用水冰冰，看是否能治住。

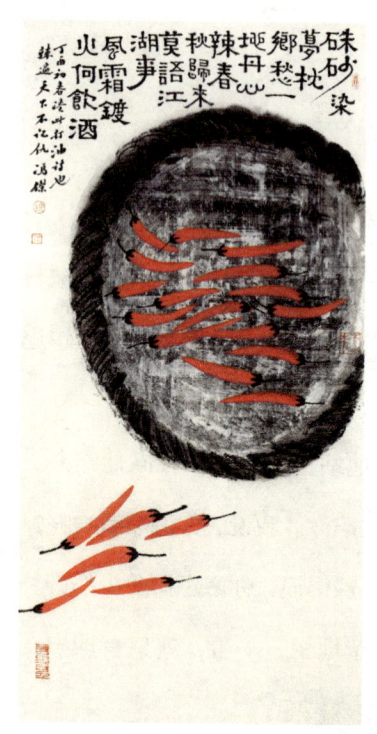

我们俩跳坑水里，开始还可以，一会儿又疼起来，不过到底轻些。样儿看没大碍，坏笑着说，你先泡着，我去把辣椒给你捡过来。我说，去你狗屁辣椒。样儿问，那还赔不赔？不赔不赔，只是这事别往外讲，讲了我揍死你。样儿笑着说，我讲我是个鳖。这家伙，守信用，还真没往外讲。我晚上回家，一夜都没睡好，直到第三天才完全不疼了。这事，办得真有些窝囊。

前些年回家见到样儿，立即觉得肚皮不舒坦。我递上根烟，扯几句闲话。估计他早把这档子事忘了，因为他脸上没带那种坏坏的笑。看来疼在谁身上谁才能记住。

少小時令氣象崢嶸采色絢爛漸老漸熟乃造平淡

東坡句也 丙申 冯傑

风土人情

百里不同俗，十里改规矩。

早晨上班路上，看到有人在十字路口烧纸留下的灰烬。哦，今天是阴历十月初一，是鬼节，鬼节应当给去世的亲人烧纸送钱。看来郑州和我豫东家乡的风俗一样。

我的家乡，有"早清明，晚十一"的说法。"早清明"就是清明节给先人扫墓上坟，烧纸送钱，要赶在清明节前，至迟是清明当天。"晚十一"就不同了，至早不能早于十月初一，晚几天是可以的，至于说晚几天没有一定的讲究。

过春节时，显示风俗习惯的事情最多。除夕要上坟，上坟要烧纸放炮，这意思是请先人回家和子孙们一起过年。初一早晨要上坟，上坟要烧纸放炮，意思是，年过完了，送先人回去，再送上纸钱，供先人在冥界使用。春节都兴相互串亲戚，但我们那里有一个忌讳，初三不能走亲戚，除非这家有老人新丧不满三年。但这个规矩，在有些地方就没有。有一年正月初三，驻马店的亲戚来我家，我在县城招待他们吃过午饭，本不想让他们去几十里外的农村老家，因为当时奶奶还健在。客人执意要去，又是从几百里

有我之
境以我
觀物故物
皆著我
之色彩
無我之
境以物觀
物故不知
何者為我
何者為物
語出人間詞話
孰知旅乎人知嘉乎
戊戌初春客鄭
馮傑記物

地之外赶来的，只好同意回去。客人在时，奶奶也没说什么，客人走后，奶奶好一顿埋怨。我解释说，人家那里没这规矩，奶奶说不是没这规矩，是不懂规矩，我笑了笑，没再说什么。

入乡问俗，了解民情，是做群众工作的基本功。特别是在革命战争年代，红军过彝族地区，过回族地区，如果没有对那里民族风俗的了解，不出台有针对性的民族政策和纪律，红军就很难立得住、走得过。即使在和平年代，也因违背民族风俗习惯，发生过许多矛盾和问题，造成了不应有的影响和损失。

中国人尊重知书达礼的人，礼就是规矩，就是习俗，当干部做到知书达礼，也是起码的知识、应有的素质。

卷 二

说 雨

昨晚下了今年第一场春雨，满地湿漉漉的。柳树已从鹅黄变成浅绿，好多野草开始抽芽。一些常绿乔木，也感受到春天的气息，叶子由干涩转为翠嫩了。

有句农谚：春雨贵如油，不下人发愁。灌溉条件差的地方，没有春雨的发生，庄稼是长不好的。说冬小麦的收成，要有八十三场雨。实际说的不是雨的数量，而是说的下雨的时节，指八月、十月、三月这三场雨，是冬小麦生长的关键期。八月的雨给播种小麦，打下底墒，否则不能保证齐苗；十月的雨，保证扎稳麦根，否则不能安全越冬；三月的雨，保障小麦返青拔节，顺利抽穗扬花，否则没有饱满收成。三月的雨，也就是春雨，还可以使弱苗转壮，所以显得尤其珍贵。我是庄稼人，老说冬小麦，当然春雨的好处不偏私麦子，会润泽百草千木的。

雨是及时的好。《水浒传》中人物都有个诨号，宋江

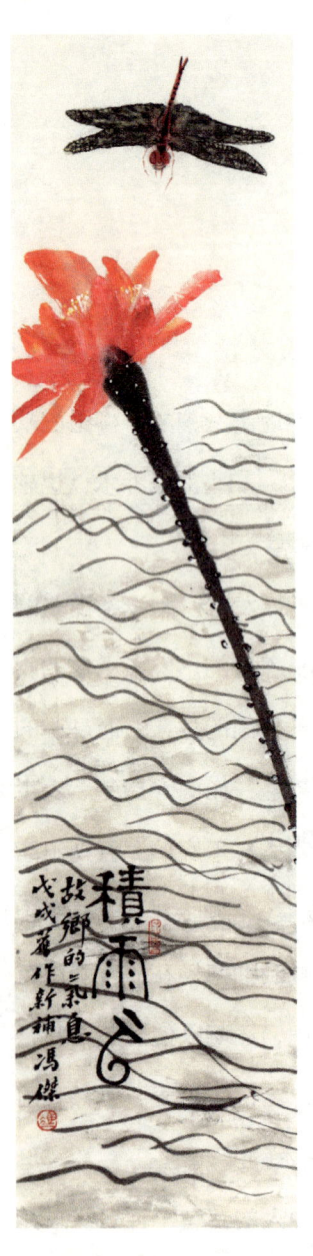

是头领，为人宽厚，急人所难，诨号是"及时雨"。我们现在节日慰问和扶贫工作，也提倡搞雪中送炭，不搞锦上添花。急群众所急，送群众所需。多下点及时雨，才能很好地熨帖这个社会。

雨是适量的好。适量的雨，会促进万物生长。超量的雨，会破坏庄稼秧苗。有一种社会现象，何其相似乃尔。某青年才俊，受到某领导赏识，很快被提拔重用。才俊尽展其才，领导乐当伯乐，这是适量的雨。小有政绩，才俊先是恃才傲物，继之恃靠山傲人，再继之嫌官帽太小、待遇太低。伯乐视才俊如私淑，尽其所能满足要求，发展下去，前景堪忧。这是下了过量的雨。

　　春雨润，夏雨燥，秋雨伤，冬雨冷。我们还是努力化成点滴春雨吧，润泽不了万物，就去浇灌门前的那一丛青草，为这个世界多添一些绿意。

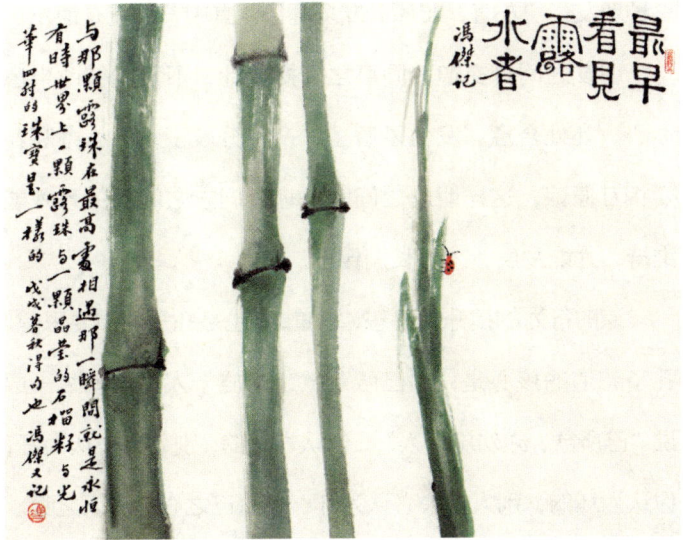

说 谅

谅，即原谅，这是孔子交友之道的内容。孔子提倡交
三种朋友："友直，友谅，友多闻"。其中一种就是谅友。

朋友之间打交道，同事之间搁伙计，不可能彼此事事
称心、处处合意。发生矛盾了，产生分歧了，怎么办呢？
要相互原谅，这样朋友之间的友谊、同志之间的关系才能
维持，才能发展，才能长期保鲜。

谅的行为的提升就是恕，恕道。这也是孔子的重要思想。
孔子恕道的核心是："己所不欲，勿施于人。"再深一层
说"己所欲，亦勿施于人"。你认为好的，别人未必认为好，
你认为坏的，别人也未必认为坏。不以己之心，度人之腹。
儒家的谅，实际上是一种反求诸己的自修自省功夫。

子贡问老师："有一言而可以终身行之者乎？"孔子
说："其恕乎。"儒学的核心是"仁"，"谅""恕"都
是达仁至圣之道。孟子说："强恕而行，求仁莫近焉。"

从社会角度观照，恕道是人与人之间、国与国之间、
民族与民族之间、宗教与宗教之间、文化与文化之间可以
和谐共生之道，走向天下大同之道。

说年龄

今年换届的继续提名年龄截止到1957年1月，我恰恰就被切住。有的同志知道，我填的1月，是阴历正月，阳历是2月，实际情况还真是这样。说应该给组织上反映反映，我说，不反映。白纸黑字，都是我自己填的，别人又没让我这样填，组织也没让我这样填，有啥反映的。

传统文化中对年龄有许多雅称。童年时代称龆龄，女子满15岁称及笄，男子满20岁称弱冠，满30岁称而立，满40岁称不惑，满50岁称知天命，

满 60 岁称花甲，满 70 岁称古稀，80 岁、90 岁称耄耋，88 岁称米寿，满 100 岁称期颐，108 岁称茶寿。

在年龄上还有一些讳称。在我家乡，讳 45 岁，说是骂年，我至今也不明白此讳的内容。73 岁和 84 岁也是讳年，俗话有："七十三、八十四，阎王不请自己去。"说是孔子活 73 岁，孟子活 84 岁，损头年。老年人到这个岁数，不说这个岁数，说多一岁到两岁，图个吉利。

在西方社交场合，不能随便询问女士的年龄，问了显得没礼貌。对于这个做法，我们借鉴得不彻底。有时仍然没有任何顾忌地问女士的年龄，有的干脆见女士就称美女，明显年龄大了，又来个资深美女。有的女士保养有方，看着比实际年龄小得多，称"冻龄美女"。

有些场合，在年龄上我们也有很多蔑称。大人看不起年轻人，就骂乳臭未干、黄口小儿。年轻人看不起老年人，就称老不死的、老掉牙的。如果发生在家庭内，家长骂儿女兔崽子，不想把自己也变成了兔子。儿女骂老人，不知自己也有老的那一天。

历史上有一个关于纪晓岚的段子，和年龄有点关系。闷热的夏日，大胖子纪晓岚正光着脊梁与人聊天，恰巧乾隆皇帝驾到，纪晓岚衣不蔽体，不好见驾，只好钻到桌子下面。其实乾隆知道纪晓岚在桌子下面，故意装走。纪晓岚问："老头子走了？"乾隆忍俊不禁，说："你如此无礼，说我是老头子，说不出来道理就要杀头了。"纪晓岚趁换衣服时，想好了说辞，恭敬地回话："皇上万寿无疆，这不是'老'吗？万物之首为'头'，您老人家顶天立地，不是百姓之'头'吗？皇上是'天子'，父天母地，何况我国传统上向以'子'称圣人，孔子、孟子是也。您想您不是老头子，谁是老头子呀？"乾隆听后龙颜大悦，夸纪晓岚机智、有学问。

我在省教育厅人事处工作多年，那时候经手过许多人事档案，好多人为了参军，有把年龄改大的，也有把年龄改小的，实在情有可原。因为其目的不是为给自己捞到什么好处，就是想参军。后来一执行退休制度，就出现了把自己年龄改小的现象，目的是晚退两年。后来提拔干部有了年龄要求，就千方百计把自己年龄改小，目的是为了提拔，这和解放初期情况就不同了。有些人一直当哥哥，几天不见成弟弟了，那真叫越活越年轻。

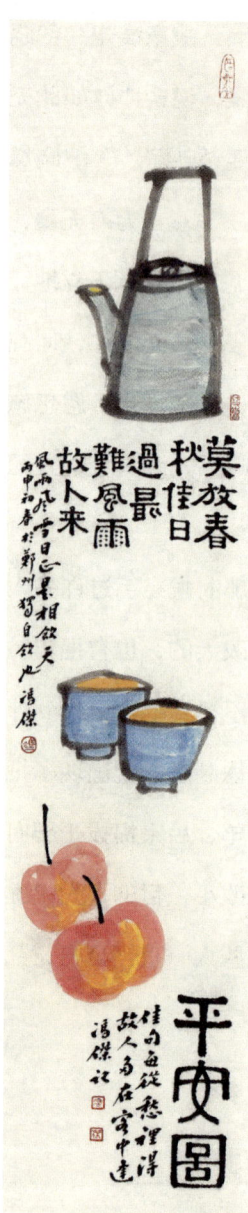

莫放春
秋佳日
過最
難風雨
故人来

風雨飛雪日忘景相飲天
丙申初春於鄭州獨白飲也　馮傑

平安圖

佳日西從愁裡得
故人多在客中逢　馮傑記

感恩与施恩

一个人要具有感恩之心，没有感恩之心，说明心智不健全。

作为一个自然人，从小到大，离不开父母的养育。俗话说，一把屎一把尿把孩子拉扯大。父母对儿女的付出是最无私的。反过来，儿女对父母就要铭记养育之恩，要孝顺父母。儒家主张由家到国，由孝到忠，忠孝是做人的最高标准。

由自然人到社会人，还要经过知识的培育。一个人从幼儿园、小学、中学到大学，从蒙昧无知的儿童到硕士、博士，成长为对社会的有用之才，都离不开老师的培养教育。所以要铭记老师的培育之恩。过去，每家正堂上供奉的就是天地君亲师，可见教师地位之高。

一个人从一般干部成长为高级干部，不能忘记组织培养，不要老记住自己那点工作成绩，换作是他人说不定比你干得更好。以为职务是自己干出来的，是自己有能力、有水平，不知感恩组织，不存感恩之心，可能这就是犯错甚至是犯罪的伏笔。

　　人生路长，难免遇到七灾八难。在困难的时候，别人伸出了援助之手，帮你渡过了难关。要记住别人的好处，即使不能直接回报，也要把这颗爱心传递下去，在别人遇到困难的时候，要乐于施以援手，这个社会就会充满正能量，达到人人为我、我为人人。

　　看到这样一个信息，一个电影明星，资助了一个困难大学生，这个大学生认为明星有钱，就不断问明星要钱，开始进歌厅，打电子游戏。明星发现后，不再资助这个大学生了，可这个学生威胁明星说，要曝她什么光。

　　此事，首先是这个学生没有感恩之心，可以说是心智不健全之人，理应受到社会的谴责。但对资助者来讲，也有个施恩方法问题。资助者不能盲目施恩，盲目施恩可能会导致不良后果。即使为人父母，溺爱孩子也属于盲目施恩，不利于孩子健康成长。

　　施恩不图报，施恩本是高尚行为，送人玫瑰，手留余香。如果施恩图报，就从高尚滑向了交易。图报不成，就后悔施恩，就指责受恩者，自己反被施恩所累，使好事变成了负担。

　　因此，正确施恩莫图报，常怀感恩存本心。

出 国

省外办费了九牛二虎之力，出国的手续也未办成。因为本该去年出国的任务，去年没办成，挪到今年，今年又没办成，外办的同志有些不好意思。我告诉他们，我也做过外事工作，有些是政策使然，不是你们能自行决定的。办成就去，办不成就不去，我充分理解你们的难处，我知道，绝不是你们不尽力。这份理解，使外事部门的同志很感动。

20 世纪 90 年代初，我在省教育厅当外事处处长。那时出国还是个很神秘、很稀罕的事，有些人为了出趟国，可以说千方百计。教育系统出国团组多，我作为外事处处长，出国比别人方便。偏就是有两次办好了手续，又泡汤了。

一次是陪教育部领导去日本，手续办好了，要走呢，忽然接到省委组织部通知，让去参加某市的换届考察工作。我说我要出国，手续办好了。组织部的同志说，这考察组名单都上过省委常委会了，不能变了，出国的事找理由推喽吧。那，推喽吧！

又一次，是本省教育系统的团组，也是手续办好了，准备走呢，又接到省委组织部通知，让参加省里公开选拔干部工作。我说要出国，手续办好了。这位领导答复更绝，你外事处处长，出国啥时候不能去，偏这时候去。这次，不用领导交代，自己找理由推喽吧。

国家开放大门越开越大，出国机会越来越多。厅长让办公室问一下，全厅正处长还有谁没出过国，让外事处安排出访时注意一下。办公室了解情况后，给厅长回话，除了外事处处长没出过，其他处长都出去过。厅长一听笑了，喊我去他办公室，笑眯眯地问我，你这外事处处长，都是去过哪些国家呀？我看厅长不像要批评我，玩笑说，报告领导，除了外国没去过，哪国都去过。厅长一听哈哈大笑，说，你搞外事工作的，也不能老蹲在家里，出去看看，开开眼界，我下半年有个出国任务，你陪着去吧。我说，那好啊！可没等到下半年，省委组织部一纸调令，调我到河南农业大学工作了。临走前，厅长找我谈话，说了些别的，根本就没提出国的事。

在河南农业大学工作十年，只出过一次国，还是校长反复动员下才成行的。世界真奇妙，不看不知道。出国考察工作是必要的，出去看看，开开眼界，对工作是有帮助的。只是有些时候，搞得出国像是福利一样，没有考察目的，没有工作任务，那钱花得就不值得了。

我这可能是偏见，但也不是酸葡萄心理。

回 乡

　　农村聚族而居，形成村落，没有大的变故，世世代代都要在这块地方闹生活，搁邻居。这就是乡亲乡邻。

　　中国有个传统，叫安土重迁，一般坚守穷家难舍的理念。邻里之间长时间相邻而居，有关系好的，你有难事我帮，我有喜事你贺。有些做顿好饭，也要给东邻西舍送上一碗半碗尝尝。有时关系处得不好，见面乌眼鸡一样。因为一砖墙、一犁地大打出手，甚至闹出人命的也不是没有。

　　早年很爱读赵树理的小说，觉得他写的那些人、那些事，就是我们村的。我总把赵树理想成我们村的民办教师，穿戴和农民一样，不同的是肚里有学问。

　　耳濡目染，从小就知道大人们和邻里间有的远些，有的近些，一般表面看不出来，心里总归是有数的。但小孩子之间，心思是懵懂的，只找与自己投缘的小朋友玩，很少想起大人们之间的关系。

　　我高中毕业，回村里当生产队长。你要让社员都跟着你干，都赞成你，你得让大家感觉到你心放得平，没有远近亲疏。当干部做到这一点，就有威信。做不到这一点，人家可能慑于你的权力，一时听你的，但长久不了。

干了几年村干部，当时发生口角的有，甚至干仗的也有。但人们明白了、接受了你一片为大家的好心，矛盾也就化解了，心结也就解开了。

后来离开家乡，到外边读书、工作，每次回去，人们总是出一屋进一屋地来看我。有长辈，也有小时的玩伴，有年龄大的，也有年龄小的，我认不出叫不上来名字的。话题不拘，天南海北。有出我小时窝囊笑话的，有说我当生产队长时威风的，有年轻人请教问题的。满屋子烟雾弥漫，笑声阵阵，充满了亲切的、浓浓的乡情，每每令人陶醉。人们散去了，我躺在床上久久不能入睡，脑子里翻腾着许多平时想不起来的往事。

从工作岗位退下来，第一个想法就是回老家看看，住上一段时间。今年清明节，回去给爷爷奶奶扫墓。行前接到父亲电话，说雨下得很大，地里进不去，不要回来了。可我还是坚持回去了，因为除了给先人扫墓，好几年没回去了，还想回去重温一下乡情，有点游子归乡的味道。

一进村，看到村容村貌发生很大变化。有些路是新修的，房子多是两层楼，显得有些陌生。吃午饭时，还比较热闹，有亲戚，有邻居，有从县城赶回来的，有从乡里赶回来的。

到了晚上，在电灯下聊家常的，已不复往日气象。几个长辈，几年不见，有的走了，在世的也老态尽显。他们从来都是把我当小孩看，听说我也退休了，大为诧异，你这孩子怎么会退休呢？老爷说，你看，全村几千口人，元字辈就我自己了，连堂字辈的人也不剩几个了，可不，广智属鸡的，也 60 了，咋不退休呢？聊天的几乎没年轻人，因为都在外边打工，年龄大些的，也都给孩子看孩子去了。他们问我在家住几天不住，我嗫嚅了一下，不住了，回去还有事。我心里知道我回去没要紧事，或根本没什么事。因为习惯了，他们相信我回去手头有工作要干。

　　第二天午饭后，我辞过几个老乡亲，离村回城。我忽然想起送我的人群中，已少了奶奶的身影，所以我的目光是散乱的，手挥得是盲目的。

　　回去的车上，我睡着了，梦里又回到了以前那热闹的聊天场面，看到奶奶也在笑着讲我小时候做的一些糗事。一醒，映入眼帘的是高楼大厦，振荡耳鼓的是汽笛喇叭，噢，到家了，到的是城里的家。

惊 蛰

今天惊蛰，意为春雷始鸣，蛰虫出土，大地回暖。散步时看到桃花已开了，是淡粉薄红的山桃。柳絮欲吐，黄鹂争鸣，老杜只看到两只黄鹂，我看到每棵柳树上都有五六只，鸣得青翠欲滴，活泼欢闹。湖里野鸭，不甘寂寞，也振着翅子叫，唧唧的，不成曲调，音色去黄鹂远了。

20 世纪 70 年代，我在家乡当生产队长，到了惊蛰就是一年农活的开始，我们说是春耕大忙。公社开会，大队开会，布置春耕生产，反正是各种农活一齐来了。最要紧的是小麦田间管理，浇水呀，施肥呀，忙得不亦乐乎。小宗作物如大麦、油菜等，这时节的管理也是关键。唐代诗人韦应物在《观田家》中写道："微雨众卉新，一雷惊蛰始。田家几日闲，耕种从此起"，看来唐时农业节候和现在没大差异。

当年什么都追大，因为人民公社的优点就概括为"一大二公"，生产要搞大兵团作战。我们村有六个生产队，把六个队的劳力集中起来，去轮流给每个队干活，图的是红旗招展、热闹气派。当时心里觉得，这不是瞎折腾吗？可上级让这样干的，不这样不行呀。当时我才十六七岁，小肩膀还没长出反抗的勇气呢，只好跟着折腾。

没想到多年后，我这个农村娃，竟当了省农业厅厅长，河南省的小麦产量占全国的四分之一还要多，对春季农业生产的重要性认识更深了，惊蛰这个节气，对我似比别人重要得多。惊蛰一到，我总觉得自己立即变成了农民，甩掉棉衣，拎起锄头，莫误了农时，赶快下地干活。像出了土的虫儿，忙碌起来。头顶高粱花子，一辈子就这副德行了。前后左右，怎么看都是个农民。

清 明

今天清明节，一早接到小妹的电话，说是父亲打电话说，家里下雨，让我们都不要回去了。妹问回不回，我说，回。

我明白父亲的意思，我们不回去，家里客人就少多了，这省大家的事。父亲一辈子不愿给别人添麻烦，哪怕是自己的子女，能省事就省事。

清明节现在是法定假期，过去不放假时，还千方百计回去给爷爷奶奶扫墓呢，现在有假期更应该回去。清明时节雨纷纷，清明就应该下雨，下雨是正常的，不下雨才不正常。

出郑州尚未下雨，过了兰考就有雨了，而且越来越大。地里油菜花已谢了，泡桐花开得正盛，叶子还没长出，紫霞般花蕊一串一串的，雨水一洗，显得油亮亮的。路边不时见到有停放的车辆，走下来上坟的人们，手里拎着用纸折成的元宝、冥币，去给逝去的先人送钱。中国人有慎终追远、事死如生的传统，所以自己日子好过了，也不能忘了先人。听说有些地方，搞得也很荒唐，令人啼笑皆非。

送别墅，送名车，送美女，当然都是纸扎的，十五、二十块钱都能买一个。

我们到家时，雨不大，仍在淅沥。弟弟准备了高靿胶鞋，我们换好鞋，拿着祭品，踩着泥泞，来到爷爷奶奶墓前。燃上纸钱，点着鞭炮。我看地上确实泥多，又怕毁了庄稼，就说："今年不磕头了，让爷爷奶奶也享受个现代的礼节吧，三鞠躬！"从坟地回来，想到爷爷奶奶一生都劳苦俭省，好不容易支撑起这个家，我们做晚辈的，要走正道，做正事，不能对不起先人。

下午，在回郑州的路上，想了好多关于爷爷奶奶的事情，他们是正直善良的农民，一生也没离开脚下那片土地，生于斯，长于斯，死后又回归了这片土地。他们身上有许多珍贵的品质，值得我们学习、继承和发扬。车里我随口吟出《清明道中》小诗：

清明时节雨，何处是归程。

黄花开欲尽，紫蕊耀疏桐。

昨瞻英雄墓，今扫先人茔。

踏泥送纸钱，万里此心同。

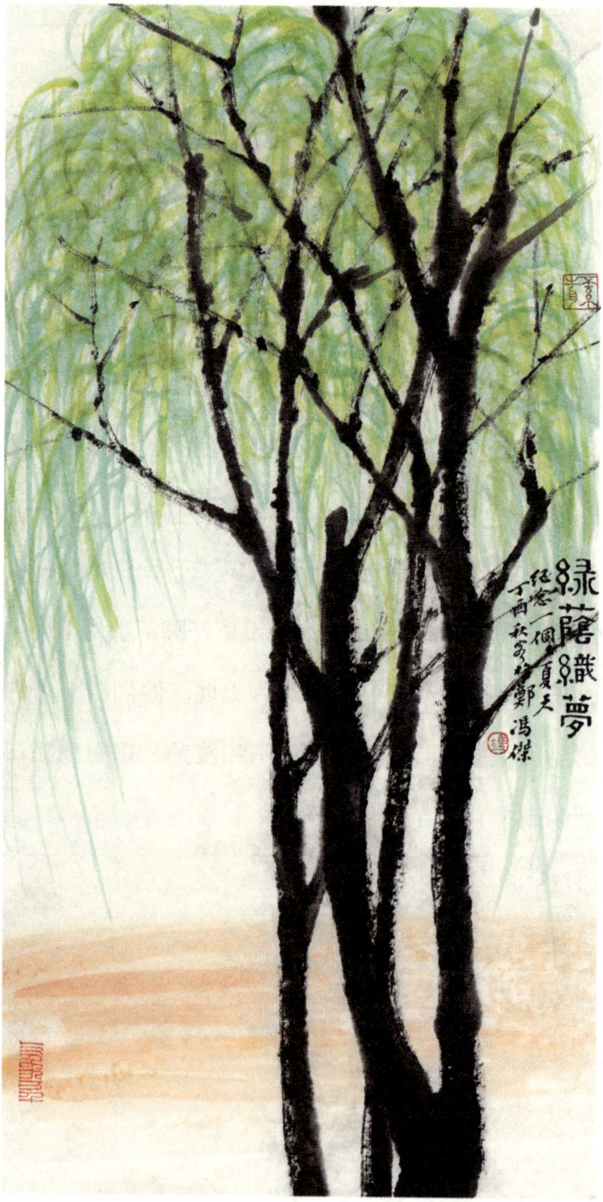
绿蔭織夢
紀念一個夏天
丁酉秋寫於鄭 馮傑

芒 种

　　"芒种忙，三两场。"这是根据中原地区的节令说的。到了芒种，湖北北部、河南南阳地区，小麦或已收完，或接近尾声。河南北部安阳、濮阳一带，麦子还没熟透呢。

　　芒种可是焦麦炸豆的季节，大集体时把它叫作"三夏大忙"，指夏收、夏种、夏管。那时的农业机械化程度低，农活真是累死人。

　　先说夏收，就是收麦。这活你干过吗？我可是干过，先是弯着腰割，再是蹲地上割。小麦可不像玉米皮实，常言道，麦熟一晌，熟了得赶紧收。你不收，起风了，口松的品种，随风互相摩擦，籽粒脱落，到手的粮食没了。来雨了，随下随晴没事，连阴天就坏了，麦子芽化了，发霉了。轻则不好吃，重则不能吃。不及时收麦，丰年也能转变成歉年。

　　再说夏种。秋庄稼生长时间短，能早种一天是一天。过去为了争取时间，小麦没熟时，就把玉米点种上了。至晚，也要收了麦立马种秋。你如果晚了，到该种冬小麦时，熟不透的秋庄稼也要收掉腾茬。种庄稼讲究的是不误农时，老话说，你误它一会儿，它误你一季儿，农活不兴懒人。

　　再说说夏管。芒种时，地里棉花，园里果树，都是生长最快、结荚挂果的时期，管理跟不上，别想有好收成。譬如棉花正值蕾期，肥水跟不上，防病治虫跟不上，不信能给你结出雪白的棉花。譬如苹果，麦收时正值花芽分化、幼果膨大时期，要拉枝透风，要合理施肥浇水。当甩手掌柜，是不会结出更多更好的苹果来的。

　　这么多农活，都得有人去干，放下扫帚拿起锨，一人要当两人用。

　　"农家少闲月，五月人倍忙。"芒种啊芒种，怎一个"忙"字了得。今日芒种，使我想起了自己的农村岁月，使我想起了正在地里忙着"三夏"劳作的父老乡亲。

释 滑

一看这题目，好像要做训诂，我可没训诂方面的学问。我这里说的是滑县。

滑县属安阳市管辖。滑县是个千年古县，历史上曾名滑台、白马、滑州，明洪武七年降州为县。著名的瓦岗军起义就发生在滑县，混世魔王程咬金在这里当了一年皇帝。

滑县人不高兴别人说滑县人滑，遇到这种场合赶紧声明：俺滑县人可不滑！我和滑县人说：这只能算第一境界，反其意而用之，端底属于防守型的。

时间长了，有人用拆字法，说：俺滑县人，去了水分，都是骨气。我说：这算第二境界，比一味被动防守增加了积极因素，有了一定底气，未尽善。

我到安阳工作以后，市里开人代会，大会安排我到滑县代表团参加讨论。最后让我讲话，我说我来安阳工作，我就是安阳人了，当然也是滑县人了。对滑县的"滑"字，以前有以上两种解释，我作为滑县人，给"滑"字作第三种解释，或者叫第三种境界，不知各位代表是否同意。这个"滑"字，应当解释为：我们滑县人，既有水平，又有骨气。几秒钟后，爆发一阵热烈掌声。别处讲话，可没这么好的效果。

酒喷儿

酒喷儿，就是指喝酒时能喷，能胡扯。喝喝酒，吹吹牛，也是人生小乐天。只是别喝坏了身体，别误了正事，更别使酒撒疯，伤了和气，坏了感情。孔老夫子说："惟酒无量，不及乱。"似不反对喝酒。下面几个角儿都是大学同学，自动对号入座者，请便。

酒场上有人问 A 同学，听说你们那里麻雀都能喝四两。A 说：这不明显看扁人吗？麻雀是我弟弟，虽然没我酒量大，但一顿八两应该没有啥问题。有人接话：你能喝多少？A 说：二斤那是喷哩，一斤可是真哩。有人问：你们为什么这么大酒量呢？A 答：这本事得从娃娃抓起，我们家在酒厂隔壁，开窗即闻酒香。对酒精那不是适应，那简直是依赖。再说家里自来水管一开，少说也有二十度呀！一圈人捂住嘴笑，结果先醉的竟是 A 兄。

有几个大学同学小聚，B 同学说：都大学毕业了，喝酒还像农民似的，多土啊。有人说：你来个洋的。B 同学说：就你会那几个英国人听不懂的单词，还来洋的！咱都是学中文的，要来就来雅的，像《红楼梦》里，哥们儿，押令。离开学校时间长了，满脑子柴米油盐，都不愿动脑筋，一同学提议划拳简单，划拳吧。B同学忙接上话茬：尽找我强项，春节前我们乡里搞个划拳比赛，我弟弟那臭枚，弄了个冠军。春节回去，一连三十枚，我愣是不让他赢一拳，杯子也大点，让他直接来个对地广播。有同学问他到底能喝多少酒。B说：多少？我给你讲，你写那本酒文化的书，我看了，太浅。敝学弟我写的那才叫关于酒的专著，全书十三章，前十二章写成几年了，这第十三章，标题是：酒醉以后的感受。不谦虚地说，大学毕业以后经历大小酒场无数，没醉过。这时候我才想起来，咱老师讲得对呀，没生活作基础写不出好文章呀，我看我这书非毁在这大酒量上不行。看在老同学的份儿上，大家今晚放开，成全成全我，让我也醉一次，赶快把书写完，赶快出版，还指那稿费买房呢。酒至中途，B兄已趴在桌上睡去，鼾声如雷。醉是醉了，但至今还没看到他的书出版。

有一同学C，毕业后去了青海工作，一次回来喊几位同学小聚。大家关心地问他在那里适应不适应，C答：当然适应了，连孩子都满地跑了。有同学说：这货连老婆都找个唱花儿的演员，乐不思豫。C说：其他没进步，酒量比咱上大学时候大多了，可能是高寒气候的影响，在那里生活得能喝酒。我这次回来，别的没啥事，就是想见识见识你们几个现在的酒量。不能说为了报一箭之愁，反正上大学时，你们几个把我灌醉那档子事我还没忘。我们青海人少，但有天赋，会说话就会唱歌，会喝水就会喝酒。班长说：别听这小子贫嘴，灌翻他。你猜，从青海归省的C兄，醉得差点没哕成河。大家一致认为，这小子酒量还没上学时候大呢。这么多年不见，青海是牧区，牛羊遍地，吹牛的功夫倒是有点长进。

老李酒事

老李和我一个单位，我调去时，他已在该单位工作好多年了，已接近退休年龄。不长时间，就听到不少有关老李喝酒的趣闻。有次老李去办公室找我，正事说完，我打问道：老李，他们讲的你那些喝酒的段子，是真的还是假的？老李说：别听他们瞎扯，年纪大了，喝酒多点，脑子断片儿。这些家伙们把啥都编排到我身上，十个能有一个真的也不保证。之后，憨厚地笑笑，摆摆手走了。

一天晚上老李在将军宾馆喝酒，因为还有一场，喝到中途，起身去赶下一场。可是已有酒意，出得门来，凉风一吹，酒意又浓了些，走着步伐有些蹒跚。到大门口，找辆出租车，拉开车门就坐了上去。大声告诉司机：到将军宾馆。司机回头看看是个老同志，上车前他就发现这人走着有些晃荡，又听报的地方，知道人已喝多了。这种人惹不起，耽误生意。于是打着车，故意大声轰几下油门儿。回头说：老同志，到将军宾馆了。老李有些迟疑：到了？到了。多少钱？不收钱。为啥？今天雷锋日，免费。好，好，学雷锋就是好。老李拍了拍司机的肩膀，小师傅，不

天下无
大事
就好这
一口
丁酉末
冯傑

管怎么说，以后开车还是要慢些。小伙子笑着说：听您老
的，走好了您，拜拜。

　　有一天酒到中场，老李感到有些尿急，离席解手，在
走廊里一时没找到洗手间，迎面过来一个端菜的女服务员，
拦上去问：小姐，洗手间在哪儿？服务员腾不出手，就用
下巴指示了个大致方向。他按指示方向，走进一个房间，

门口有两棵高大绿植，比他个高多了，灯光又暗，他就地救急。完事后，回到席上，大发感慨：这酒店生意太好了，洗手间都摆两桌。为了不辜负生意这么好的酒店，也没谁劝，端起面前酒杯，一饮而尽。有的人听着不对劲儿，问：老李，你这家伙跑哪儿尿哩？老李又自斟一杯，仰脖子喝了，连说：生意好！生意好！

老李一天又和几个酒友喝酒，最后有一个喝醉了，倒在了地上。两个人去扶，这人个大，扶不起来。于是招呼老李搭把手，老李步履踉跄地走过来，看了看，他不去帮助扶人，而是和那人一顺儿躺到地上。几个人说：你没醉躺那儿干啥哩？快起来，不帮忙别添乱。老李坚持不起来，说：这一回您几个别骗我，我不醉，我知道躺这儿比坐那儿稳当。他不起来，别想让我起来。几个人笑得前仰后合，说：老李这次总算没醉，难得，难得！老李一听大家夸奖，想站起来逞逞强，可努了几次力，也没站起来，但脸上一直挂着胜利的微笑。

酒头

当时，我在县针织厂当工人，厂里宿舍不够，女工人都住在厂里，安全。男工人大部分住在厂外，地方也不集中，我和其他工友，住在工厂对面北向的一座房子里，一看就是过去的老房子，开间大，空间高，屋瓦发黑，长着稀落的瓦松。反正不是专门建的职工宿舍。

我们同住的记不清是八个人，还是九个人，都是二十岁左右的年轻人。工厂三班倒，上班时间去上班，下班时间睡觉，年轻人精力旺盛，还有不少时间需要打发。主要形式是闲逛大街，看热闹，瞅稀罕。因为工资低，凑一块儿喝顿酒是偶尔的，多喝没钱买。

一天，我们宿舍又塞进来一个工友，打问他是从县酒厂调来的，问能否搞点酒喝，他说那还不容易。果不其然，没过几天，这老兄就拎一塑料壶酒头回来，有七八斤的样子。问他有多少度，他也没把握地说，七十二三度吧。我自认为也是喝过些酒的，算是见过世面了，之前没有听说过这么高度数的酒。都嚷着倒出来尝尝，倒出来也没谁敢先喝。我说给我，我喝了半口，辣倒不太辣，就是光在嘴里打转儿，咽不下去。明明喝的是液体，你觉得像固体一样吞咽不了，折腾好一阵儿，才咽下去，已呛得两眼噙泪，真领教了厉害。之后，大家只好兑了水喝。时间长了，有些人适应了，我和另两个家伙直接喝，徐徐地也能咽下去，猛了不行。绝大部分时候是干喝，不要菜。除非商量好，轮流值班似的，在机关食堂买些小菜。正是有这点红薯干酒的调剂，同屋的工友很团结，很和谐，有点小来细去的矛盾，两口酒下肚，也就消了，解了，明天还是好兄弟。酒厂调来那哥们儿也真行，喝完他就能再整些来。约莫有大半年时间，我去开封读书离开了工厂，但时常回忆起和那些工友相处的日子。

后来，又喝过别的酒头，度数、烈性弱多了。尽管是用粮食酿的，觉得也不比那红薯干酿的香多少、强多少。转眼一看，也不是那会儿的酒伴呀。又一想，都四十年前的事了，当时年少春衫薄，而今满头已飞雪。

吾老矣，吾衰矣，不复能酒矣！

弹指一挥间

1978 年 3 月 3 日，我拉着衣服被褥去河南大学读书，是所谓的"七七级"，算来已经四十年了。当年是二十岁的小伙子，如今皤然一翁矣。不是叹老，你得承认老，不承认不行啊！但又想在今后的日子里，争取活出些年轻来。

老了，退了，年轻人上来了，事情有人办，事业有人干，多好呀。这使我想起一个齐景公的故事。他带着大臣去游牛山，发现自己治下河山壮美，风景如画，忽乐极生悲。想来这大好山河，将来自己还要老去、死掉，不能长相厮守，禁不住泪流满面。有两大臣一听也跟着哭泣，晏子却在一旁大笑。齐景公责怪晏子，我这么难过，你不随我哭泣也就罢了，还在那里发笑，是何道理？晏子说，都像你想的这样长生不死，桓公等人要活到现在，能轮上你当国君吗？说不定你在田里锄草呢，那时你还会像现在这样想吗？所以我才发笑。齐景公皱皱眉头，说，晏子说的有道理，我错了。

老了，退了，身体会越来越差。但有些人会锻炼身体，有些人常吃高级保健品，愣是越活越年轻，那是很令人羡慕，甚至是让人嫉妒的。作为普通人来说，起码要做到心不能老。童心不泯，有时候不妨年轻一把，和青春撞撞，以不闪住腰为度。身体是要老去的，心情是可以年轻的。

老了，退了，最好不要闲下来。仍然像在岗一样，起码精神要像在岗一样，干些自己想干的事。我听好多人埋怨，上班忙，没时间读书，现在有时间了，读吧；没时间旅游，现在有时间了，去旅游吧，外面的世界很精彩。当然，你好搓麻将、好打扑克这一口，悉听尊便。只是别坐太长时间，久坐伤身；只是别太较真儿，值不得，较真儿会让血压升高。

老了，退了，要承认老，要真退。别再掺和原单位的事，要相信人家比咱在位时干得好。在农大工作时，有一次参加老干部座谈会，征求老同志对现职班子工作的意见。一位刚退下来的老领导提了条意见，刚说完，另一位老领导接上，别说了，你在位时，这个事给你反映多少次你都不解决，现在还好意思提意见。搞得前一位脸红脖子粗，接不上话茬。

台上的多听听老同志的意见，应该。台下的多体谅体谅台上的难处，很好。嗨，我可不反对提意见，你有真知灼见，有好建议，你还提，我要在场，保证带头鼓掌。

退休经验

去参加黄帝故里拜祖大典，在车上碰到领导。领导看到我，开玩笑说："广智同志，现在很难见到你呀。"

我说："领导太忙了，不忍打搅。"

领导问："怎么样，退下来适应吗？"

我说："适应，适应。以前没有退休经验，知道退休挺好，不知道恁好。"

一车人大笑。

有人问："你现在有经验了，还能凭经验再退休一次？"

我说："觉悟晚了，知道这，早退两年多好。"

一车人又笑。

有人说："要不是换届，你小子又不到退休年龄，还不得跟我们一样在忙？"

我说："那是，那是。感谢组织，感谢换届。"

一车人三笑。

几个原来的伙计非要让我说说退休的好处不可。

我说："起码有三条，一是肩上没有责任，无官一身轻；二是每天可以睡到自然醒，可以日上三竿伸懒腰，也可以清晓推窗听鸟叫；三是可以去一些想去的地方，可以读一些想读的好书。"

伙计们别恋栈了，早些退吧，退下来对身体有好处。

却 客

我自认为是一个喜欢交友的人，别人对我也有这样的评论，热情好客，没有架子。

在省教育厅工作时，我被选上了金水区人大代表，和郊区几个村的支书、村主任，经常在一起开会，来往多，很相熟。

后来，到河南农业大学工作了，和有些村干部还保持经常联系。我在和他们交往中，了解到农村现在正在做什么，突出矛盾是什么，农民最反感的是什么，最高兴的是什么，省了不少到基层调研的工夫。读大学前，我和他们一样是村干部，对农村的事感兴趣。再说，学校有些事情还真需要他们帮忙，农大嘛，怎么能离开农村呢？当年，学校号召广大教师把文章写在全省大地上，农大的老师，在郊区农村很活跃，给农民传授技术，帮农民致富。时常有教授，在校园碰上了，会拉住我说，我前两天去哪村了，人家支书、村主任让问你好哩。他们很惊讶我们是怎么认识的。我只笑笑，不多做解释。

又后来，到省农业厅工作，五年几乎跑遍了全省所有县。有时，县委书记或县长来郑州出差，打电话说想到办公室坐坐。我挤出时间，尽量见见。我认为是送上门来的调研机会，这时候了解的情况，甚至比在县里当场看的还真实，只要把握住清白来往就行了。我认为，当农业厅厅长，你不跟县委书记、县长接触，跟谁接触还能更了解"三农"情况呢？

再后来，到安阳市工作，省直机关去人，中直机关去人，我都热情接待。趁机汇报工作，趁机推介安阳，一切为了安阳发展。那时一晚上要串几个酒场。

回省里后，工作比市里单纯些，下决心减少应酬，却客，当然不是绝对。一是想给自己多留点时间看书，二是想多留点时间锻炼身体。不久，又有了"八项规定"，真是好风凭借力，该婉辞的婉辞，该坚拒的坚拒。特别是退二线以后，更有理由却客谢酬。看书的时间多了，高兴。锻炼身体的时间多了，更高兴。

海南东坡书院

　　东坡书院在全国有好多所，这里说的是海南的东坡书院，位于儋州市中和古镇。

　　进入书院大门，先是一面湖，面积约二三百亩，湖对岸才是书院建筑。现存有载酒亭、载酒堂、钦帅堂、大殿等。另有春牛石碣、钦帅井、古今碑刻等。西院有一尊苏东坡铜像，塑得不错，东坡头戴斗笠，面容清癯，是一幅立体的东坡笠履图，使人想到东坡当时生活确实清苦。铜像底座，有郭沫若的"东坡居士"四字，没有落款，估计不是专为铜像所题。

　　书院周围，椰林扶疏，一派南国风光。院内有一大芒果树，果实累累，由于芒果个头小，当地人称之为鸡蛋芒果。苏东坡载酒问字，开帐讲学，给海南播下了文明的种子。之前海南没有一个举人，更没有一个进士。后来斯文渐盛，实启自苏东坡。他就像这棵芒果树，年年结下丰硕果实。

　　东坡以六十二岁高龄，贬谪天涯海角，但仍然乐观放达，做些力所能及的事情，贡献社会，贡献人民。他和当地黎族群众相处融洽，达到水乳交融的程度。这正是苏东坡的可爱处，也是苏东坡的伟大处。现实中的人，有的有点才华张扬得不行，有的受点委屈怨天尤人，自暴自弃，相去苏子远矣。

"九死南荒吾不恨，兹游奇绝冠平生。"苏东坡的人生态度，既来自他的脾性，也来自他的学问。江山易改，脾性难移。他因诗差点丢掉性命，一贬黄州，再贬惠州，三贬儋州，可他什么时候接受过教训、停止过作诗呢？脾性使然。东坡的学问做得好，所谓好，就是明白，明白了人情，明白了事理，参透了自然，参透了造化。学问到了这种境界，才能获得真自由、真洒脱。

宋氏祖居

　　宋庆龄祖居位于文昌市的昌洒镇古路园村，这里建有宋庆龄陈列馆、宋庆龄植物园，1985 年文昌市政府修复了宋氏祖居。祖居周围树木蓊郁，环境优美，立有宋庆龄的汉白玉雕像。

　　我在河南安阳市工作时，看到路边竖有一块"国母之乡"的牌子，问是何故。有人告诉我，宋庆龄是韩琦的后代，韩琦是安阳人，所以宋庆龄也是安阳人。后来查些资料，证明所说属实，但我还是建议把牌子撤掉。理由是历史太长了，宋庆龄是我们中华人民共和国的名誉主席，这样做不够庄重。那时我知道在文昌宋氏祖居里，宋庆龄宋家和韩琦的关系说得是很清楚的，今天看了确实如此。

　　韩琦是安阳人，是北宋著名的政治家、军事家、诗人，曾三朝为相，封韩魏公，死谥文忠。若从韩琦作为始祖算起，第 6 代显卿公为渡琼始祖。第 23 代宗腾公于康熙年间迁居今文昌昌洒镇古路园村，宋庆龄父亲已是第 28 代，宋庆龄是第 29 代。

　　宋庆龄的高祖、曾祖、祖父都居住在古路园村，她的父亲韩教准也出生在那里。韩教准 12 岁时过继给宋姓婶母的弟弟，始改姓宋，名宋嘉树，一名宋耀如。后随舅父去海外谋生，后来倾向革命，热情支持孙中山，并成为挚友。

宋庆龄是 20 世纪的伟大女性，坚定支持孙中山先生的革命斗争，中山先生去世后，她仍然坚守中山先生遗志，同反动派作不懈斗争。她始终用自己的行动，为国家富强和人民幸福，奋斗不止，尽瘁终生，赢得了全国人民的衷心爱戴。

宋庆龄兄弟姐妹六个，依次为宋霭龄、宋庆龄、宋子文、宋美龄、宋子良、宋子安，姊弟六人特别是宋氏三姐妹，对中国近代有着很大影响。

海南见国印兄

今日在博鳌见到孙国印兄，他陪老母亲在海南过年。

我在教育厅工作时，和国印兄单位很近，接触多，对脾气。他比我年龄大，已经退休几年了。自国印兄退休后，便没见过，看他现在的精神头挺好。他乡见老乡，两眼泪汪汪。国印兄说，老母亲在这儿住，很适应，很高兴，退休了我也就好好陪陪她老人家。前几十年，咱们尽忠了，现在该尽孝了。

对饮了几杯酒后，国印兄又说，这里环境好，你也应该常来这里住住。工作时讲工作，退下来就要把退下来的生活安排好，过点有质量的日子。这里有不少咱那边的人，都是退休的老同志。我说，等完全退下来，也常到这里住住，多和老朋友聚聚。

席间有人起哄，让我俩炸雷子，就是喝大杯。国印兄跃跃欲试。我看他已喝不少，不宜再多饮，就推说晚上还有酒场，他也见好就收，说回去再玩。

饭店就在海边，我们坐在饭店的阳台上，望着波涛汹涌的大海聊天，任海风吹拂，听隆隆涛声。海里浪峰一个

紧接一个，扑向海岸，溅起雪白的浪花。

　　人生岂不正像大海一样，一浪跟着一浪，一波随着一波，永无停歇。

蜀道行

　　走走蜀道，可以说是多年的夙愿，近日终于有了个机会。

　　蜀道并没有一个严格的定义，通常指的是由长安通向巴蜀的道路。中间横亘着两座大山，一是秦岭，一是大巴山脉。以山高谷深、崎岖难行而闻名，大诗人李白有《蜀道难》之叹。由长安通往汉中的，也就是翻越秦岭的著名古道有子午道、傥骆道、褒斜道、陈仓道。由汉中通往巴蜀的，也就是翻越大巴山的著名古道有金牛道、米仓道、荔枝道。

　　说是走蜀道，名不符实。我们先坐高铁从西安出发到汉中，不到一个小时就穿越了秦岭，这是古人不可想象的。有感于古今变化，吟《过秦岭》小诗一首：

　　子午路已隳，褒斜栈道倾。

　　我今乘高铁，蜿蜒似游龙。

　　青山忙让道，或敞腹与胸。

　　洞桥相勾连，非隧即悬空。

　　骏马不满百，吾已到汉中。

　　在勉县褒城镇，看了褒谷口，这是褒斜道的南端点，北端点是眉县的斜峪关，故称褒斜道。褒谷口隧道是古老的人工隧道，名石门。石门已淹没在石门水库之中，"石门十三品"石刻现保存于汉中市博物馆内。著名的《辞海》书名两个字，就是从《石门颂》上拓出的。

翻越大巴山，到了川北重镇广元。先看了张飞带头栽植的古柏道路翠云廊，此处大树参天，绵延百里，走在这儿，你会忘了这是蜀道的一部分。绿意满满，鸟啭莺飞，是翻越大山后的绝佳休息之处。

走蜀道不能不去剑门关，不去剑门关等于没走蜀道。由于计划不周，我们住在广元，要去剑门关，还需原路返回。如果住在剑阁，会省去好多路程，其他人问我怎么办。我说计划不周是我们的错，不是剑门关的错，原路返回，看。大家看后说，要不来太遗憾了。据说剑门关是诸葛亮领兵建的，关址的选择非常合理，易守难攻，所谓一夫当关，万夫莫开。自从建关后，从没有人打正面破过此关。

昭化城，即古葭萌关，紧靠嘉陵江，是蜀汉的龙兴之地。当时诸葛亮在《隆中对》中就讲，得荆益二州可以称霸。有昭化作根据地，刘备才能取得益州，有了荆益二州才有蜀汉，有了蜀汉才有三国。

古城阆中，是我国目前保存最好的四大文化古城之一，是一个和汉唐都很有故事的城市。四围青山，三面环水，真是风水宝地、人间阆苑，是我见过的最宜居的城市之一。

三山岛

　　三山岛，全国可不止一处，我这次去的是太湖的三山岛。太湖三山岛村，为一大两小三个岛，大岛也是主岛，主岛上面就有三山，即大山、行山、小姑山，故称三山岛。两小岛是和主岛相近的两个离岛，一名泽山岛，一名厥山岛。岛上原有建于唐代的三峰寺，宋代达到鼎盛时期。据明曹熙《三峰寺庄田记》载："三峰古刹也，四面皆平湖，遥岑屏列空际，是山屹乎其中，孤绝而巧，世人呼为小蓬莱，以其与人境别也。钟鼓三百年，风月三万六千顷，胜概甲吴中，高士往往萃焉。"是寺屡毁屡建，新中国成立后仍有数十间寺屋，后全毁于"文革"。2004 年获准重建，已复建有大雄宝殿、园明堂等，是一处清静庄严所在。

　　岛上旧有十景之胜，现存有姑亭、板壁峰、十二生肖石、叠石等。姑亭传为吴妃梳妆台。板壁峰，原名拜壁峰，是一座天然的水石盆景，号为吴中之胜。十二生肖石，玲珑剔透，惟妙惟肖。叠石，又名老虎石，高大险峻，巧夺天工。此外，20 世纪 80 年代，在岛上发现距今一万余年的旧石器遗址和哺乳类动物化石，被考古界命名为"三山岛文化"。

　　此前尚不知，这里就是太湖石的主产地，宋徽宗在东京汴梁修筑皇家园林的太湖石，就是从三山岛采掘后，直接装船运走的。游人过了吴王堤，就能看到当年的皇家采石场。

　　岛上现在绿树成荫，百草丰茂。眼下正是枇杷成熟季节，金黄的果实挂满枝头，玉兰绽放硕大花朵，随着微风送来阵阵清香。我们坐着竹筏，穿行于湖面，"参差荇菜，左右流之"。泽山、厥山，一翅儿排开，招手欲迎。前些年，村民为了阻挡蔓延的蓝藻，起湖泥堆起一座座错落有致的小岛，上种芦荻，夏天扯旗掣剑地绿成一团浓黛。试想金风送爽时节，芦花飘飘，荻花萧萧，该是怎样一个烟水醉人的世界？

　　太湖三山岛，真乃小蓬莱。

寒山寺

这次来苏州，本来计划去看两个名镇，早餐时，谁说了句今天农历四月初八，浴佛节，也称佛诞日。我们几个虽非佛教徒，但在这佛教重大节日期间，去参谒佛寺，倒是挺有意思的。要去，当然是寒山寺了。一问，离住处不远，餐毕随即驱车前往。

二十多年前，我到过寒山寺。印象是桥拱高高的古桥，周围建筑不多，给人以一种姑苏城外的感觉。唐代诗人张继一首《枫桥夜泊》，把寒山寺周围的景物和落第情绪写尽了。千百年来，再没有谁写得超过张继。这有点像崔颢写黄鹤楼，让李白也感到眼前有景道不得。

今日来寒山寺，感到景区扩大很多，车水马龙，人声鼎沸，已是姑苏城里寒山寺了。寺里雄殿林立，宝相庄严，梵塔高耸，香客如织。寒山寺在中国位列十大名寺之一，在日本名气更大。因为拾得东渡日本，建拾得寺弘法，所以寒山寺和日本佛教界多有交往。张继的诗在日本也像在中国一样家喻户晓。

寒山拾得被尊为和合二仙，和合价值观，应该是中华传统文化精华之一。和睦、和谐、和平，到今天仍是中华民族的不懈追求，我们主张人际要和睦，社会要和谐，世界要和平。达到这种理想的路径，是平等基础上的合作，实现共赢，是沟通基础上的交流，实现共兴。

我见有些人家里，挂有寒山拾得的著名对话，可见其对世人影响之大之广。寒山问拾得：世间谤我、欺我、辱我、笑我、轻我、贱我、恶我、骗我，如何处治乎？拾得答：只是忍他、让他、由他、避他、耐他、敬他、不要理他，再待几年你且看他！这种修养，有几人能达到呢？

有些人花钱去撞钟，那悠扬的钟声，可以入耳，能入心吗？随着钟声远播，我们的内心也应该不断浸润、不断升华。对中华文化的传承创新，确应该从细微处着手。

经停迪拜

一次出访，经停迪拜回国，在迪拜有三个多小时的逗留时间，因是经停，出不了机场。

几位女士，当然有事干，转商场呀。飞机没落地，就摩拳擦掌了，有些男士也跃跃欲试。我说我没兴趣转商场，我是团长，我看行李，你们放心转。谢增福兄说，我也不转，我陪领导看行李。飞机一落地，大部队一窝蜂散去。

增福兄问，喝点啥？我说啥都行。增福兄走南闯北，见多识广，又会外语。他端起两个玻璃杯，到附近吧台，要两杯洋酒，加了冰。XO，咋样？可以。边聊边喝，一会儿告罄。增福兄不再征求我的意见，又倒两杯洋酒过来。威士忌，咋样？好啊！我和增福兄大学毕业就认识，老朋友了。有酒助兴，自然有话可说，不知不觉又干了。增福兄又去倒了两杯。伏特加，咋样？棒！回忆着几十年交往中的花絮趣事，酒是下得更顺了，很快又干了。增福兄又去吧台倒酒，还没走到，那个值日生就两手作拒绝状，嘴里 NO，NO 不停。增福兄用外语交涉，勉强又给倒了一些，他端着酒走过来，那值日生嘴里还一个劲儿嘟囔 NO，

NO。我问增福兄怎么回事。这家伙说没酒了，实际上是担心我们喝醉。我说这几样洋酒搅和到一起，劲儿大，也确实不能再喝了。增福兄喝点酒后，比平时多了几分英风豪气，话也多了，兴致浓浓。我手里转着玻璃杯，给增福兄背诵李白诗：两人对酌山花开，一杯一杯复一杯。我醉欲眠卿且去，明朝有意抱琴来。恍惚觉得身在郑州，看到去购物的团员们提着大包小包高兴地走过来。我告诉他们，你们没把人家的东西买光，我们俩可是把人家酒喝光了。一圈人说，那是，我们买东西得花钱，你们喝酒可是免费。

噢，登机。拜拜，迪拜！

摸狮子屁股

　　俗话说，老虎屁股摸不得。但在毛里求斯的卡塞拉自然公园，可以摸狮子的屁股。

　　卡塞拉自然公园，在毛里求斯有名气，在全球也有名气。里边有象龟，那是我见过最大的龟，一看到就想起中国的赑屃，不过象龟是活的，赑屃是石头的。公园里的景象有非洲的场景，斑马、羚羊和各种鸟，都自然地生长其间，不少动物可与游客相亲近。当然印象最深的是狮子。

　　我们在园子里先是遇到一群小狮子，浑身灰白色，活泼可爱。大人可以狎昵亲近，大胆的小朋友，拽住小狮子尾巴，随着跑动，乐不可支。

　　惊心动魄的时刻，就是摸成年狮子的背，包括屁股。抚摸时有驯养员陪同，狮子头部靠近驯养员。我们一行人，让谁先进去摸，都有些犹豫。我是团长，我先摸。我进去摸着狮子照了个相。后边的人大胆起来，也挨个儿去摸，去照相。但有的人，摸时手还在发抖。有的站得离狮子尽可能远，刚摸到，就赶紧缩回了手。狮毛很硬，很扎手，摸时也很刺激。我们摸时，狮子不作什么反应，驯顺如猫。

可不，狮子也是猫科动物。

　　我见了动物园的老板，他是法国人。我邀请他来中国发展，他应邀来中国两次，给推荐几家合作单位，都没谈妥合作条件，项目没有落地，很有些遗憾。

　　广州长隆野生动物园，我也去过，也很不错。里边有很多种野生动物，如大象、熊猫、金丝猴、长颈鹿、斑马等，都可以与人亲近。长隆也有老虎，那里老虎是散养的，与游客只隔着一条小河，应该说已经比较接近大自然了，所以游人很多。但是不能亲手摸老虎的屁股。

与列子做邻居

从家里出来，沿金水路向西，快到中州大道时，路的右侧有一尊城市雕塑——御风行。有一次外地来一位朋友，问是什么雕塑，我说："御风行，说列子列御寇的。这儿是历史上著名的圃田，列子是圃田人。"朋友说："原来这里就是圃田，你这家伙成天装得有学问似的，原来是列子的邻居，沾老夫子的光呀！"我连忙回答，惭愧惭愧！

列子，名御寇，郑国圃田（今属郑州圃田）人。我国古代的著名思想家，道家的主要代表人物之一，有著作《列子》一书，又名《冲虚经》，或《冲虚真经》，是道家重要经典。唐时崇道，朝廷还封了列子为冲虚真人。

列子贵虚，和老庄的贵无是一致的。他一生不慕富贵，守贫乐道，潜心修行。郑国的执政子阳，看列子衣食不继，饿得面黄肌瘦，就送了几车粮食给他。他却辞谢不受，很被老妻数落一顿。

列子是个很能坐得住冷板凳的人。他在郑国住四十年，没几个人认识他，更没几个人知道他学问高深，修行到了御风而行的地步。庄子在《逍遥游》中说："夫列子御风而行，冷然善也，旬有五日而后反。"现在郑州东二十里铺村，还有八卦御风台，"卦台仙景"可是郑州著名八景之一。

我觉得，这个邻居有两点很值得学习。一是坐得住冷板凳。能坐得住冷板凳，才能做得出真学问。四十年没人了解，竟还能不废修行，安贫乐道。这是想做点学问的人应当有的精神。二是主张贵虚。人称冲虚真人，书称《冲虚真经》，端底一个"虚"字。为学要先虚，为事要先虚，为人也要先虚，先虚后实，由虚到实。御风而行，也要先了解、研究、把握风的运行规律之后才能做到，没有虚，哪来的实呢？

"文化大革命"开始时，我正读小学，老师让背诵"老三篇"。心白如纸，好写好画，一天就背会了《愚公移山》，并知道了愚公移山的故事，出自《列子·汤问》篇。对列子，只知道叫列御寇，是古代一个很有学问的老头。至于哪朝哪代，仙乡何处，就不知道了。对他名字中带"寇"字，很不以为然。马克思姓马，中国有姓马的；列宁姓列，列子也姓列，我觉得他应该还是个不错的老头儿。今天我跟列老夫子做了邻居，也很好。只可惜萧条异代，不能当面请教，颇有些遗憾。好在，明亮的电灯下，恭敬地打开《冲虚经》，仍可和老夫子做另一种形式的晤对。

卜居圃田

我现在的住地，就是历史上有名的圃田。

上古时的圃田，是十薮之一，位于郑州与中牟之间。水面阔大，草茂鱼肥。传说，圃田这名字是大禹治水时给起的。《诗经·车攻》中说："东有甫草，驾言行狩。"甫草就是圃田。周宣王姬靖，曾在圃田驰马打猎，会盟诸侯。

春秋战国时期，梁惠王开通鸿沟，引黄河水入圃田，使圃田变成了巨大滞洪区，"水盛则北注，渠溢则南播"，虽有调洪灌溉之利，但同时也开始了泥沙淤积。到汉时，圃田水面缩小，大部分变为滩原。到宋代，圃田仍起着调节汴河水量的作用。到明代，圃田泽已变成若干陂塘组成的沼泽洼地。清初康熙年间《中牟县志》载：圃田"东西五十里，南北二十六里。西限长城，东极官渡。高者出而可耕，下则散而成汇。今曰泽者八，曰陂者三十六，其实圃田一泽之所分也"。沧海桑田，到近代圃田泽湮没消失，只留下了一个乡名。近日欣闻，中牟县实施贾鲁河治理工程时，在贾鲁河与七里河汇合处，开挖了 800 亩水面的新圃田泽，以慰乡思。圃田春草，可是郑州著名八景之一。

列子是圃田人。《列子·仲尼》有："郑之圃泽多贤，东里多才。"说是圃田有个学者叫伯丰子，路过东里，碰到在那里住的名家代表人物邓析。邓析想在自己学生面前表现一下，捉弄伯丰子，把伯丰子比作猪狗。伯丰子不理会他，结果邓析却被伯丰子的学生抢白了一顿，讨了大大的没趣。这说明最能辩论的邓析也有无话可说的时候，说明伯丰子也是圃田的贤人一枚。

郑州八景中圃田有两处，一是圃田春草，一是卦台仙景。清郑州知州张钺有咏圃田春草诗："薮泽平铺嫩带烟，偶经酥雨倍芊绵。年年占得春风早，怀古重吟甫草篇。"有咏卦台仙景诗："辞粟遗荣善自全，泠然一语寄真诠。西游也在人世间，赢得千秋强号仙。"

圃田地脉，宜室宜家者也！卜居此处，其乐何如！

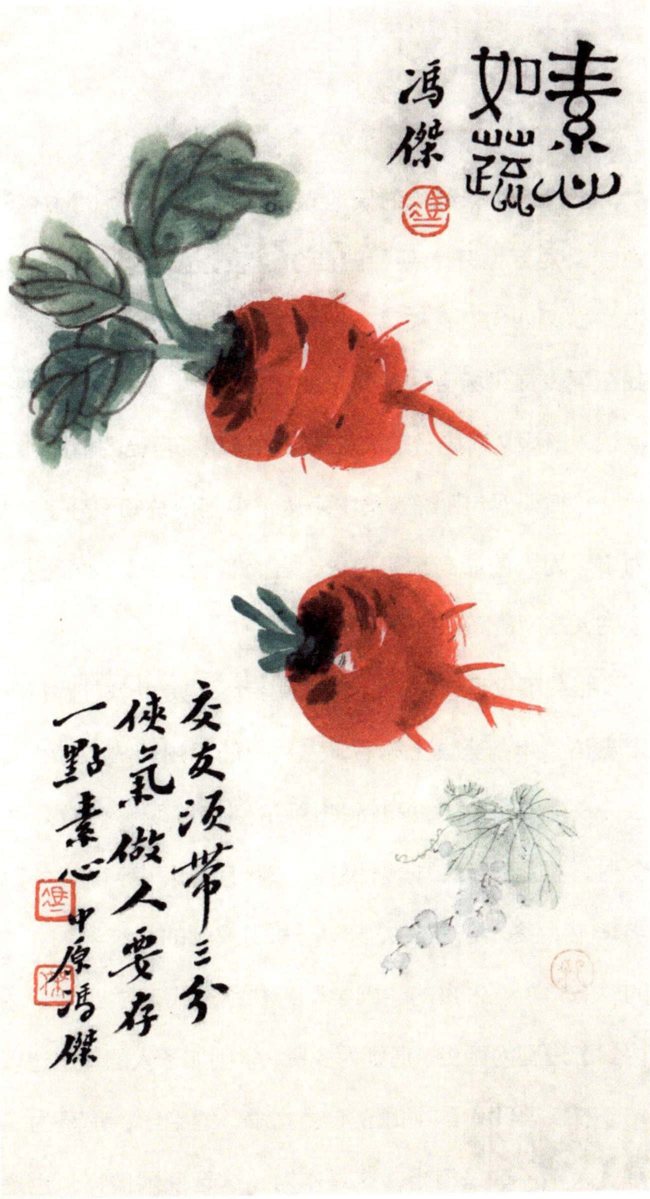
素心如蔬
馮傑
交友須帶三分
俠氣做人要存
一點素心
中原馮傑

读横渠四句有感

　　宋代大儒张载"为天地立心，为生民立命，为往圣继绝学，为万世开太平"的四句语录，被冯友兰先生概括为"横渠四句"，被马一浮先生概括为"横渠四句教"。我在不少文化场合，看到它被悬挂于壁，每次遇到都驻足默读，既表达对先贤的敬意，又激发昂扬自己的精神。

　　"横渠四句"确实集中表达了中国传统知识分子为学、为事、为人的最高理想追求，言简意宏，所以才受到历代读书人高度赞同和喜爱。

　　张载不仅是"横渠四句"提出者，也是扎实的践行者。宋嘉祐二年，登进士第后，先后出任祁州司法参军、云岩县令、著作佐郎、签书渭州军事判官等职。在做云岩县令时，推行德政，体察民情，颇有治绩。辞官回乡后讲学著书，终于创立"关学"，与周敦颐的"濂学"、二程的"洛学"、朱熹的"闽学"，并称宋代理学四大学派，达到了进则为循吏、退则为乡贤、学则如圣人的理想追求。

　　"横渠四句"中的立心、立命、继绝学，都是为了开万世太平。这是担当，这是作为，这是家国情怀，也是天下情怀。人生应该有这样的追求，读书人更应该有这样的追求。我们的专家、学者、教授是读书人，不是读书人当不了专家、学者、教授。我们的干部现在也都是读书人，文盲进不了干部队伍。"横渠四句"是讲读书人应该追求的人生理想，我们从中应该受到启发，学习先贤，澡雪精神，提高自己的人生质量。

　　进则为循吏，退则为乡贤。未必能之，心向往之。

戊戌年黄帝拜祖大典记

今年的黄帝拜祖大典应该是比较成功的，整个筹备工作，着手早，考虑细。

去年夏天，我和郑州市政协主席王璋等人一起去北戴河，拜会许嘉璐先生，向他汇报了河南方面关于戊戌年拜祖大典的大致想法，得到了许先生的首肯。同时他也提出了一些工作建议，回来后我们认真进行了研究落实。

大典现场庄严肃穆，高香瑞霭，颂歌悠扬，乐舞典雅。各行各业的代表人物，共同祈福中华。万里晴空，忽有彩虹贯日，一派吉辰祥气，笼罩着大典会场，使人欢呼不已。

三月三是黄帝的生日，黄帝是中华民族的人文始祖。三月三，拜轩辕，是我们流传已久的习俗，肇始春秋，绵延至今。我们是谁，我们从哪里来，我们到哪里去，这是人区别于其他动物、人之所以为人必须思考的问题，也是我们作为中华民族、作为炎黄子孙必须思考的问题。慎终追远，是我们的文化传统，也是我们的思维习惯。我们最瞧不上的是数典忘祖的人，我们最敬重的是不辱没祖先、不愧怍天地的英雄。春风杨柳万千条，八亿神州尽舜尧。

大典的主题是：同根同祖同源，和平和睦和谐。这个主题是内外兼修、元气充沛的主题。对内讲的是同，认同；对外讲的是和，和谐。协和万邦，敦睦世界，天下大同，向来是中国人追求的理想世界。

古人讲，国之大事，在祀与戎。戎当指国防，指战争，指军事力量；祀是祭祀，指历史，指精神，指文化。没有强大国防，要被侵略，被践踏，被欺负，中国近代史就是很好的注脚；没有文化，没有健康精神，没有心灵归依，一个民族、一个国家也是危险的。所以才有欲亡其国、先亡其史的说法，让人不知从哪里来、到哪里去。

华人散布世界各地，为满足各地华人的敬拜愿望，大典除主会场外，还在中国香港、澳门、台湾和美国旧金山、澳大利亚悉尼、加拿大温哥华设立 6 个分会场，以供当地华人献礼于先祖。

附：戊戌年黄帝故里拜祖大典拜祖文

维公元 2018 年 4 月 18 日，岁次戊戌，三月初三。全球炎黄子孙俊彦，汇集于中华始祖轩辕黄帝故里故都，以庄严神圣之心，怀追远感恩之情，仰拜我文明始祖于具茨山下，溱水河畔。中华炎黄文化研究会会长许嘉璐沐手振衣，谨以天下我祖苗裔之名，肃立恭颂我始祖轩辕黄帝功德。

辞曰：

华夏文明，源远流长。我祖勋德，恩泽八方。

启迪蒙昧，开辟蛮荒。伟烈丰功，万古流芳。

教民耕牧，莳谷树桑。婚丧有礼，历数岐黄。

始作舟车，初制度量。举贤任能，整纪肃纲。

修德怀远，封土固疆。肇守一统，和合共襄。

明德亲民，历尽沧桑。筚路维艰，多难兴邦。

譬如积薪，后来居上。千秋风流，共赋华章。

天下为公，民本为上。振兴斯土，百年梦想。

传承创新，博采众长。自尊自觉，自信自强。

脱贫纾困，户户小康。改革无已，亿民所望。

日新月异，愈益开放。卅载一瞬，岁岁辉煌。

浩浩九州，大河之南。秣马执辔，崛起中原。

先祖垂宪，黾勉今贤。壮哉郑州，辐射致远。

十八名城，腾跃争先。接南承北，东西相挽。

多业并举，黄淮期盼。中州亿众，重任在肩。

世法天地，道法自然。和而不同，君子择善。

港澳来归，合力向前。两岸稍隔，血脉相连。

分久必合，世传万年。国荣俱荣，蚍蜉撼难。

紧拥共赢，俯仰皆宽。前路漫漫，何辞万难。

人类兴衰，同命相连。有进无退，唇亡齿寒。

厚德载物，远近歆瞻。鄙弃零和，至诚至善。

一带一路，文明互鉴。大小仁智，并肩扬帆。

龙腾云起，智者同欢。大同必达，日月经天。

恭此，敬以告慰我祖，伏惟尚飨！

卷 三

负笈汴京

　　四十年前，作为恢复高招后的第一批大学生，我从农村走进了河南大学的美丽校园。庄严的大礼堂，风雅的图书馆，整齐的东八斋，给人以充满斯文的感觉。因校园坐落在铁塔下，所以称河南大学毕业的学生为"铁塔牌"。二七纪念塔是郑州市的标志，郑州大学毕业的学生，就叫"双塔牌"。在河南一说这两个牌，就知道是河大还是郑大的学生，不会误认为其他大学，也不会弄混淆河大与郑大。

　　我的大学生活是相当艰苦的，可是现在留在脑子里的都是美好的回忆，想起当时的苦也是甜的。我读大学时，也是家里最困难的时候，两个弟弟、两个妹妹都在上学，有的读小学，有的读初中，有的读高中。父母都在家务农，没有其他经济来源，温饱都是问题，怎么能供应得起这么多学生。我当时都替父母发愁。

　　读大学的四年，我每年都只向家里要 30 块钱。父亲迟疑地问："30 块够吗？"我自信地说："够了。"我真不知道这 30 块钱是怎么积攒的。你说，都二十多岁了，不说给父母分担负担，还要给这个家要钱，心里难受得很。这些钱肯定支应不了一年，我从 17 元 5 角生活费里，每月省出 5 元钱左右，贴补着用。吃饭时捡便宜的菜买，有时早餐的咸菜没吃完，午餐不再买菜，我觉得挺好的。高考 30 周年时，有个同学写回忆文章，把我当时的话写了进去："有白面馍吃，还要菜，作得不轻。"

读大学时，家里只准备了一床被褥，夏天好办，关键冬天难熬。前两年住的是双层床上铺，下面不圈气，夜里常冻醒。早晨起来发牢骚："这天算啥世道，净吹西北风，又让老子当了一夜'团长'。"直到大三时，家里给做了个黑颜色的大衣，白天穿上，晚上当被子，有的同学笑我的大衣土气。我攥住大衣说："哥们儿，老娘用新棉花套的，暖和得很，你拿毛呢大衣我都不换。"

我穿的鞋都是母亲做的，布底儿。城里塑料底儿的布鞋比较贵，为了省钱就没有买过。所以我非常反感谁往洗碗间泼水，因为我的布鞋底儿一渗水，容易沤糟，就不经穿了。

四年大学生活过得很快，和同学、老师都结下了深厚的感情。现在生活条件变好了，但是，如果两种生活供我选择的话，我会毫不犹豫地拎起行李，直奔河南大学而去，还愿过那艰苦的学校生活。

借 书

读大学时，每个同学一个借书证，一次可以借四本。我那时看闲书多，进大学前没得书看，这下可过瘾了。为了节省时间，常拿两三个同学的借书证，一趟借八九本，甚至十多本。那时借书没有电脑，要扒卡片，写单子。图书馆扎有很多铁丝，铁丝上有一个可以滑动的铁夹，把填好的借书单，夹在铁夹上，然后用力向对面甩过去，图书管理员按你填写的借书单取书，取出书喊姓名，借书证对照无误，学生才能借到书。

那时的大学生，读书的积极性很高，借书的人多，挤揣不动。最丧气的是，忙活半天，管理员说，某某同学你借的书没有。印象最深的是，我想看法国小说《巴黎的秘密》，借了五六次，都没借到，所以到现在也没看过这本书。我用几个同学的借书证借书，管理员发现后问怎么回事。我说，帮同学借的。管理员老师虽然有些迟疑，但还是把书递给了我。我想管理员老师心里一定在说：说是借书证不转借，不过都是为了读书学习嘛。所以并不去执行那些规定，让学生感到挺温馨的。

借书时也会发生些有趣的事。我的同组同学李正玲，是个男同学，起个女孩的名字，人也腼腆。有一次他借的书管理员取到了，就喊："政教系李正玲。"李正玲伸手去接书，管理员不给他，继续喊，李正玲又去接，管理员还不给他。并盯住他说："女同学？""我叫李正玲，男同学，男同学。"周围的同学起哄大笑，管理员摇摇头，也跟着笑了。我小组还有个维吾尔族同学，叫赛多。借书时管理员喊："政教系姓赛的。"连喊几声，赛多也没答应，直到别的同学提醒他，才慌忙说，我的，我的。取书出来，嘴里嘟囔着，怎么姓赛呢？怎么姓赛呢？后来赛多问我，汉族有没有姓赛的？我说有，赛金花。"别骗我，她原来不叫这个名字。""还有，你不认识，赛西施，赛张飞，都是黄河边赛庄的。礼拜天我陪你去转转。"赛多摇摇头："没听说，没听说。"对不起，扯远了。

大学毕业后，单位没有图书馆，看书靠自买。拿工资了，也有能力买书。单位的同事经常找我借书，心里不想借，嘴里又说不出，只好借。最担心他们对书不珍惜，弄烂、弄丢，需知书一买回来，除了阅读，它已不止是书价的价值了，它附着了一层无法计量的感情。小时候有一句关于借书的话，有的人写在自己的书上，提醒借书者：

好借好还别弄丢，莫学刘备借荆州。

　　现在生活富裕了，愿读书就买得起，私人间的借书现象少了。现在，很少有人来借书了，反而感到当时是自己太小气了。多些人读书，多些时间读书，对个人，对社会，可能比搓麻打牌有好处。想起前两天，同学们回母校河南大学聚会，我发言时最后有十六字：回首过往，忙忙碌碌。人间好事，还是读书。

买 书

我喜欢书，好买书，但从无意收藏书。所以不讲究版本，一种书有一本就行了，目的很明确，阅读。

读大学时，除字辞典外，不买书，买不起。参加工作后，有钱买书了，但开始几年工资低，不敢放开买。遇到喜欢而又价格贵的书，拿起放下多次，也下不了决心。还有一种情况是带钱不够，过两天再去，别人买走了，为此会惆怅多日。

郑州市的几个书店，过一段时间我都要转一次。去外地出差，总要抽出时间转转那个城市的书店。如果去北京，是没到地方就开始合计，怎样才能挤出点时间泡书店。北京书店多，哪个书店爱卖我喜欢的书，心里清楚。有时泡一晌，有时泡一天，如果能买到很多喜欢的书，心里充满了美滋劲儿，待人接物的态度都是顺溜的。

过去一次买书量少，随身就带回来了。现在不行了，书很重，买得多，只好寄回来。回郑后我能每天问一次书到没到，不担心丢失，只是盼着早点看到，你想那是自己的欢喜之物呀。书一到赶快拆包，尽管是亲自挑的，但仍然要再翻一遍，排出立即读的，以后读的。每当此时我都觉得是最愉快的当下。

买书次数多了，也能总结一些经验来。进了书店，搭眼一瞄，便知那个区域摆放的啥书，每一架书有没有自己合意的，也不会花很多时间挑选，否则一天转不了一个书店。经常买书，对自己的家底得清楚。有的人买书多了，有好多书没来得及读，印象不深，容易买重。在我很少发生这种现象，我对自己买过的书，能做到深浅都有个印象。

买自己喜欢的、需要的书，前提是平常留意。我把自己需要购买的书的名字，随手都记在专用本上，供自己买书时参考。现在信息发达，可以查询，可以网购，买书方便多了。好买书，买好书；好读书，读好书。与书做伴，其乐无穷。

读 书

　　我上小学很早，当时只有五岁。隔壁的旺爷是民办教师，他的儿子叫正，比我大一岁，是我的玩伴儿。正六岁时，旺爷要带他去上学，我拦住不让。因为正要去上学，我就没人一起玩了。旺爷无奈，说你也一起去上学吧，我说，好。可旺爷又说你太小呀。我闹，正也帮我闹。旺爷只好领我们去学校。问我有大名没有，我说没有。旺爷按我辈分给我起大名，我们村大，我这辈分人又多，很不好起。好不容易想起来一个，不是他自己否定说有人叫了，就是我说不好听。快到学校了，才商定下来。没想到当时胡乱起的这个名字，还真叫了一辈子。

　　上学认识点字以后，还真就对读书来了兴趣。特别到了小学四年级，能磕磕绊绊读课外书了，能写蹩脚的书信了，读书的欲望大增。那时，除了课本哪里有书读哟，父母亲没上过学，家里连一本书也没有。村里也没几个识字的，听说谁家有本书，千方百计找来看。偶尔能从同学处借本书看，那也要给人家说好话，跟人家搞好关系，才能借到书。印象中没有借到一本带封皮的书，都是前边少了几页，后边也少了几页，书角卷着，有的已掉了字。那也是宝贝呀，要飞速地把书看完，因为人家给的有期限，因为后边有人急等着。晚上在家看书，为了节省油，奶奶纺花，我和奶奶共用一盏煤油灯。灯不能放得太高，太高了奶奶看不清。灯放得比较低，我只好趴在地上，书也摊在地上看。有时一边看，一边给奶奶讲书里的内容，家里出个识字的人，奶奶真高兴。

读高中时，学校设立了图书室，也就一间屋子。管图书室的是教地理的赵老师，他需要一位同学帮忙管理，我想我要能揽下这个差事就好了，那看书该多方便。我连找赵老师三次，毛遂自荐，终于如愿以偿。我想我得把差事干好，让赵老师满意，让同学们满意，不要哪天换了我。此事我一直干到高中毕业离校。

读大学时，河南大学图书馆以藏书丰富闻名，有读不完的书，感觉自己真是游进了知识海洋。当时每天记日记，我的日记是流水账式的，但有一个作用发挥得不错，催我读书。一本书今天日记有，明天日记有，一连多少天都有，赶时间也得把书看完，换新的，否则自己都不好意思再记了。日记就像一个专门监督我读书的人，时常提醒着我，抓紧时间多读书。

　　参加工作后，读书的习惯一直坚持着。业余时间基本花在读书上，不会唱歌跳舞，不会搓麻打牌。一册在手，卧游山水，我收获的是和唱歌跳舞一样的高兴，和搓麻打牌一样的快乐。方式不同，各乐其乐。出差时也找两本书放包里，坐轿车看书，也不头晕，只是苦了颈椎，毛病不小，所以颈椎有时折磨我，只好放下书去看窗外的风景。

　　我想，读书对我的工作，对我的为人处世，对我的自身修养是有很大帮助的，我以为这是一个好习惯。

　　读书勤，读书快，还能称得起。读书成效不高也是真的，看了那么多书，但知识增长很慢。我觉得要么是自己智商低，这拙非勤能补，要么是方法不对，老是事倍功半。

　　因为举办"纸年轮大讲堂"，不断邀请全国知名学者来豫，有年龄大些的，也有年龄小些的，学问都做得那么好，令我心生羡意。特别是年龄比我小很多的人，他们不一定比我读书多，但肯定比我读书好，否则就不可能有今天的成就。桑榆未晚，抓住机遇，多向高人请教学习吧，以他们为榜样，力争多读几本好书，澡雪晚年之精神。

煮酒論英雄品茶說風月

前者豪氣
後半閒情也
丙申初冬馮傑

231

箱 子

因工作变动，办公室需要搬。除了书籍以外，还有些零东碎西。书用纸箱装了，搬时也方便。秘书不知在什么地方，找了一个木头的、寄东西用的包装箱，尽管其貌不扬，装零东碎西很合用。到新办公室，纸箱都拆了，因为书不上架，读用都不方便。装零东碎西的木箱，一直放在墙角，需用的东西就去里边扒找，时间长了，这只木箱成了办公室必不可少的配备。一些新的零用东西，也随意丢进去，以备不时之需。

这只形貌寒碜的木箱，每每使我想起读大学时我的那只木箱。入校时，被褥用塑料布一包，打成行军的样式，其余的东西，装在一个皮包里。到校后，看别人还都有个箱子，差点的是木质的，好点的是皮质的。这可以装比较贵重的东西，如金银细软，也可以锁不愿示人的物什，如女朋友的来信。我没有什么金银细软，上学期间始终也没有女士垂青，更谈不上书信往来。可是生活中，还是觉得需要一只箱子。箱子有锁，一锁，那里就是私人领地，别人不能涉足。即使没什么秘密，一锁也就成了秘密。

春节回家过年，犹豫再三，还是给父亲说了想要只木箱的想法。父亲问要多大的，我用手比画了一下长宽高。比画的尺寸，我也没准则，想当然耳。因为，对此事并没有抱太大希望，说了就说了。

有一天，我刚下课，有同学告诉我：你父亲来了。我赶快到校门口去接，看到父亲推辆自行车，车后座上，绑着一个暗红色的木箱。望着父亲疲惫的脸色，埋怨道：这二三百里地，你怎么能骑自行车来？父亲说：我把咱地里那棵桐树出了，木工活多少年不摸了，手生了，好歹揳在一块儿，迁就用吧。到寝室里，箱子恰好能塞进床下，我说，正好。父亲脸上挂满了笑容。我说给父亲买饭，他说在路上吃过了。我说让他住下，明天回去。他说家里还有事，回去不带东西，骑得快。我送父亲到大门口，临别时，父亲说：也别太苦省。我说，回去告诉奶奶和俺娘，我在这儿天天吃蒸馍，比家里好着哩。父亲答应着骑上自行车走了，已经转弯看不见了，我仍噙着眼泪，站了很久。

父亲给我做的那只箱子，一直陪伴着我，直到有一次搬家，上坡时不小心从车上滑落，摔得很碎，已无修补可能，我宁愿摔坏的是别的更好更贵的箱子，而不是这只出自父亲手艺的木箱，那可是父亲骑自行车二三百里送到开封的呀。嘿，我怎么那么不小心呢？

周守正

我们入校时，周守正老师是我们政教系系主任。他面容清癯，头部有些微微颤抖，并不厉害。听说他是全国著名的《资本论》研究专家，早年曾在复旦大学和日本帝国大学学习经济学。

周老师教我们政治经济学原理。他讲课时，只板书一个当天讲课的题目，拿的讲义放在桌子上，就坐一把藤椅上，讲三节课或四节课，不带翻讲义的，但章节目从不会有半点错乱。

如果问周老师问题，他会静静听完，然后像讲课一样告诉你答案，干净利落，一点不会拖泥带水。如果提的问题本身错了，他会告诉你，你的问题问错了，并指出错在哪里，更绝的是，会找出你出错的原因。学问做到这种地步，不服不行。

周老师讲课，声音不高，但绝对能听清楚。这使我想起常香玉、申凤梅这些大艺术家，咬字清晰，有很强的穿透力。

周老师给我们上课时，年纪大了，已经谢顶，同学们私下说，那一片都是《资本论》呀！但是语气中绝对没有丝毫的不敬，而是充满着钦佩。

　　大学毕业后又见过周老师几次，都是一起开会的时候，我抽空到他宿舍坐坐，说说近况。记得最清楚的是，他每次都叮嘱，工作再忙不要忘了读书，年轻人读书不会累着。我想我养成的良好读书习惯，和周老师的谆谆教诲是不无关系的，读书使我受益匪浅。所以，也更怀念周老师这样的谆谆长者、肃肃先生。

黄魁吾

　　黄魁吾教授是我的大学老师，讲哲学原理课。黄老师讲课有特点，他是来回踱着步讲，板书很快，语速也快。他对哲学原著特熟，不用看书，就能准确说出第几页第几段。同学们聊天时，一说《矛盾论》第几页第几段，都明白是指黄老师。

　　黄老师讲哲学，也用哲学。有一次他骑车上街，和一个年轻人撞车了，那年轻人看黄老师年龄大、个头小，就欺负他。黄老师还像给我们讲课一样在说理："我碰了你，你也碰了我，我不怪你，你也不能怪我嘛。"正巧我们几个同学路过，一看有人欺负黄老师，围上去要打那小子。黄老师拉住我们，放年轻人走了。黄老师一边推着自行车，一边给我们说："年轻人，不讲道理嘛。"事后，我们笑黄老师迂夫子，那又不是你的学生，都要打你了，你还给人家摆斯文。

　　这次同学们回校聚会，纪念入校 40 周年。黄老师以93 岁高龄参会并代表教师讲话，思路清晰，精神乐观。黄老师家里情况，我们当学生的都清楚：有个脑瘫女儿，他照顾她 50 年，黄老师说女儿是家里的开心果。老伴患脑萎缩多年，也需要他照顾，他说他们是天作之合，夫唱妇随 70 多年。他把老母亲伺候到一百多岁，老母亲去世时，黄老师说："生与死本就是一个亘古不变的话题，人死后又归为物质，回到世界中去了，不过换了种形式而已。"老母亲活着时，老老实实尽孝；老母亲去了，他以一个哲学家的态度，也不过分悲观。这和那些父母在时不尽儿女责任，父母去世后又大要排场的人，是鲜明的对照。有一个时期，黄老师以 80 高龄之躯，同时照顾三个不能自理的人。但他仍然乐观放达，我想这是哲学给他的智慧，这是哲学给他的力量。我为有这样的老师而骄傲。

读大学时，老师一节课一节课教我们，其实我们应当向老师学习一辈子，不只是书本上才有的学问，处事上、做人上，我们还是未走出师门的学生。

高雄飞

　　高雄飞是我大学同学，是老大哥，总大我有七八岁，刚入校时还同住过一个寝室。他的脸黑些，他自己说颜色重点。衣着不讲究，说不上邋遢，只能说非常随便。知识博洽，口才便给，富幽默感。挖苦讽刺起人来，入木三分。字也写得潇洒飘逸，很显功夫。

　　大学毕业后，他先分到洛阳师专，后又调暨南大学，一直教书。他说他是口力劳动者。不用说，在哪里授课都颇受学生欢迎。

　　他在洛阳师专教书时，我有次去洛阳出差，到学校看他，学校在邵雍的安乐窝旧址。他当时住筒子楼，门口放个火炉。在那并不怎么安乐的窝边，他居然能炒几个菜下酒。后来他调广州后，回来总要见见面，几个同学相聚小酌。一般是先去河南警察学院找到平均同学，平均会来电话说："领导呀，不好了。有个情况报告呀。老高昨晚悄悄潜回郑州了！"少不得喝一场，笑一场。

　　老高酒量不大，二两下肚，脸上的颜色更重了些。但老高酒兴浓，我想只要有讲话的机会，他就有兴致，何况同学相见。有他在，酒场就热闹，你如果不抢话头，别想有说话机会，他能包场。

他现在虽然退休了，还到处讲课。前些天同学聚会，高雄飞发言，主持人一连提醒三次，才刹住了他的话头，惹得同学们大笑。老高在同学中很有威信，也邪了，越是被他经常挖苦讽刺的同学，越是和他关系好。

我们读大学时，河南大学还是师范性质的高校，尚未恢复综合性大学，培养的就是师资。高雄飞没有辜负母校和老师的培养，成长为一名优秀的人民教师。

郭保华

　　同学们聚会，纪念大学入学四十周年。四十年，时间太长了，人不可能到得齐。全班共分五个小组，二、三、四、五组参加的都有人，唯独一组没人。大家自然说到郭保华，他是一组组长，天道有憾，保华转眼已去世三年多了。我们不一个小组，但我们却住一个寝室。

　　保华美仪容，个高肤白，浓眉大眼，是我们班公认的美男子。在全年级 150 位同学中，论长相也是数一数二的，论才气也没得说。脾气和泛，待人真诚。大学四年，朝夕相处，感情上如亲兄弟一般。

　　保华是一个干什么事都非常热情、非常投入的人。哲学是我们的主课，哲学注重思辨。保华有一阵儿爱上了哲学，其他书几乎不看，只看哲学书，有机会就找人辩论。有理，辩；无理，也辩。我说他是个"老杠头"。过了一阵儿，似乎兴趣转移了，不看哲学了，开始喜欢外语了，从早到晚，都是在咕咕哝哝背单词。七七级对外语课要求不严，我外语水平很差，也不了解他最后达到什么水平。

　　有一次他的脸盆丢了，想写个告示寻回来。我看他用毛笔写道：本楼222寝室郭保华，不慎丢失脸盆一个，上有小鸭浮水图案，请捡到者送还。定当重谢！我笑他胡扯，一个破脸盆怎么重谢，再买个新的给人家？他说，不谢人家会还你？他坚持写，坚持贴出去，结果也没人来领谢，到底不知那只小鸭浮着水游到哪儿去了。

毕业时等待分配的十来天里，大家无事可干，不知怎么就兴起了下围棋。保华的积极性上来了，还专门买了一副棋，几个人白天黑夜地围在一起手谈。一次保华打饭回来，说："完了，看几个人在一堆都变成棋子了，就想着怎样才能叫吃。"大学毕业后，保华分到了郑州工学院，我分到了省教育厅，单位相距总有十里路程。刚毕业连个自行车也没有，为了下围棋，晚饭后他背着围棋步行到省教育厅找我，下完棋再步行回去。

以后他当郑州工学院校团委书记，有机会见面也很少说工作的事。一次见我说，学校工作不太顺心，说想下海。说下海还就真下海了。过一段时间见面，说生意还不错，因为我对生意没兴趣，以至连他做什么生意都不知道。忽一日到单位找我，还提前给我打了电话，像是有什么大事要商量。见面后，他从包里掏出很厚一叠稿纸，给我说：我们中文难学，古代人编的《三字经》，功劳不小。我现在要编个《四字经》，共四千字，不重复，一个人四千汉字，汉语就算过关了，比《三字经》多了一千字呢。这是初稿，你看看，提提意见，我还正在改。我先翻了翻，觉得保华的热情又上来了，在做一桩大好事，一桩功德无量的事，以保华的性格，我认为他是能成功的。所以给了他极大肯定和鼓励。他经过三年多的努力，终于编定了《中华字经》。他电话中告诉我，各地教学试验效果很好，教育部也给予了认可，并聘他为教育部语言文字应用研究所课题研究员。我打心眼里儿替他高兴。

正当他的事业如日中天的时候，突然听闻他得了重病，需要住院手术，我很替他着急。过了好长一段时间，他在深圳给我通了电话，说手术很成功，恢复也很快，我又暗暗替他高兴。由于工作忙，疏于问讯，直到有一天得到的却是他去世的消息。我立时呆了，保华，你不该走啊，才五十来岁。还有你辛苦编成的《中华字经》，尚未推广啊。我相信，如果天假以年，保华会对中国的语文教育做出重要的贡献。真是天妒英才啊！

张广林

张广林和我一个村，我应喊他大哥，可我一辈子都喊他张老师。

我们村大，他住村南头，我住村北头，我读小学四年级前，他在外村教书，不知道见没见过，总之没啥印象。四年级时，我们由别村转回本大队小学读书。据说是按山东的"侯王建议"，他也回本大队学校教书，等于一认识就是师生关系，一认识就喊张老师。现在早晚回村里一次，见面仍然喊张老师，一辈子也不会再改口喊大哥了。

张老师书教得好，他教语文，我爱听他的课。因为住在一个村，我们每天上学时，都到他家里等他一起去学校，接触多，自然感情好。他讲课不死扣课本，引入大量课外知识，正能弥补我们对知识的饥渴。当时，除了课本，没有机会接触任何其他书籍。因为是偏僻农村，本来就缺少书籍，再加上"文革"，其他书籍都变成了"四旧"，被烧了毁了。有人把当时的农村形容成文化沙漠，一点都不过分。我记得张老师让我们猜字谜：双喜临门，打一地名（重庆）。蝎子掉水里，打一地名（浙江）。有兴趣，印象深。

张老师多才多艺，其他乐器不知怎样，笛子吹得好。最服气的是，一口气能吹一支曲子。他的书法也好，全村到谁家几乎都能看到他写的中堂和对联。当时我觉得，他自己就把全村的文化品位提高了。

后来，我离开家乡到省城工作，偶尔回老家一次，忘不了喊他一起喝顿小酒，我知道他是爱喝几杯的。每当我工作上取得点小进步，他的高兴是溢于言表的。我对他尊重，敬他酒，他来者不拒，有时还非常主动，不免就喝得高些，有人搀扶他回家，他嘴里总说着：没醉——，没事——！每当此时，我就想起辛稼轩的《西江月·遣兴》：昨夜松边醉倒，问松我醉何如？只疑松动要来扶，以手推松曰去。

近些日子，工作轻松了，打算回老家住几天，自然谋划着请张老师小酌一次，不知他尚能酒否？

张传璧

　　传璧老师，教过我初中语文。我上初、高中时有些偏科，语文好些，和张传璧老师的关系自然比别的老师要好些，爱课及师。

　　张传璧老师讲课，幽默风趣，声情并茂，多枯燥的课文都能讲得很生动。我们笑我们的，但他从来不笑。一次讲毛泽东的《沁园春·长沙》，讲到"独立寒秋，湘江北去，橘子洲头"，他两手插在棉衣兜里，面向北方，大声朗诵，之后并不转身，而是停顿在那里……让我们感到此时此地不是在教室，而是正站在橘子洲头，看滚滚湘江，向北流去。他接着讲：湘江是流经长沙、纵贯湖南的大河，别以为和咱墙外边的蒋河一样，今天有水明天没水的。别以为咱蒋河向南流，人家的河也都向南流，湘江就是向北流的，流入洞庭湖，八百里洞庭，你想那是多大的水吧。我们觉得自己太没见识了，我们得学点知识，多知道些外面世界的事情。

　　到了期末，语文课就考一篇作文。张老师在黑板上写了作文题目，就坐在教室门口晒太阳，说是考试也不监考。

我写好了第一个交卷，张老师摆摆手，让我把卷直接交给他。好了？好了。张老师认真看了一遍，说：不错，篇章结构都行。89分吧，行不行？我笑笑，算表态同意。他说，这次考试，我想最好的也只打90，分数打那么高没用。你走吧。我知道张老师喜欢我这个学生，别班一个同学转告我，张老师表扬你了，说你在你们班年龄最小，学习却很好。我自然从内心更尊重他，更亲近他。

1977年恢复高考，我们几个同学去见张老师，他已从我们乡高中调到县高中教书。见了面，我们都表示心里没一点把握。张老师讲话还是那种风格，他指着操场上一些正在打球的学生，说："你们不行，那些学生更不行，我教的学生我有数，你们几个胜他们半屋筒子。"我们笑，张老师不笑。结果，我们几个还真争了点气，考上两个本科、一个大专、三个中专。后来张老师当了县高中的校长，在他带领下，县高中考上大学的人数，在全地区八个县中，十多年保持第一，张老师真可谓桃李满天下。

参加工作后，每年回去过春节，拉一帮同学，请在县城工作的几个老师一起吃饭。我们请了他，一般他还要回请我们去他家吃饭。他和同学们关系处得融洽，几个馋猫，说是学生给老师拜年，其实很大成分上也挂念他的好酒。

一次酒席上，张老师说：明天去我家吧，我还珍藏一瓶双沟，喝了它。有人接话：张老师，就一瓶？那去个啥劲儿。张老师：看看，两瓶，两瓶，反正喝完你们放心了。我们哄笑，张老师不笑。结果第二天，喝了他两瓶双沟，又喝他两瓶张弓特曲。我们在他家闹腾，他表面上责备我们：哎！哎！能不能斯文点儿？实际上他内心挺高兴，我明白。

张月清

张月清是我高中语文老师。他为人严肃认真，上课备课一点都不马虎，那叫一个全身心扑在工作上。

语文课时间，张老师会用足用够，生怕少给了学生，生怕浪费一分一秒时间。他兼班主任，自习课也去教室查看，恐怕学生懈怠，荒废了岁月。那时学校条件差，没有图书馆什么的，连报纸也看不上。张老师就在他看的报上，选适合同学们阅读的文章，让我抄在黑板上，再让同学们各自抄下来，去读去背。其实我写的字并不是全班最好的，只是我语文比较好，张老师就把这个活派给我。

读高中时，有的同学烦作文课，而我喜欢作文课。评点作文时，我的作文很多次被作为范文印发全班。张老师对我的学习更重视些，查问也多，要求也严，这更增加了我对语文课的兴趣。早年老师的引导，或许就能影响学生的一生。

张老师讲课，严肃并不呆板，很受同学们欢迎。当年我国第一颗人造卫星上天，环球响彻《东方红》，张老师让我们写一篇相关内容的作文。有个同学把"东方红"写成了"东发红"，张老师有点生气，觉得高中生不应该出这样的错，批评了这位同学几句，这个同学面子下不来，哭了，擦着泪说：东边不发红，太阳咋升起来。全班同学轰一下笑了。张老师一时禁不住也笑了，对那个同学说：你坐下，你坐下，发红就发红吧，你看这事。

张老师退休后，住在乡下，我没去看过他，心里很有些歉疚，觉得对不起他对我的培养。好在他的儿子进超，和我在一个城市工作，并经常走动。能够从进超弟处，时常了解到老师的身体状况、生活情景。每次进超捎去的问候，老师总很高兴。他毕竟八十多岁的人了，听进超说身体也大不如以前了，但在我心目中，还是当年那个敬业认真、忙碌不停的身影。

王志和

志和兄是我交往时间长、来往频繁的朋友，他并没有什么显著事迹可以立传，和我这个凡人是朋友，他也是凡人，有些平凡的事情想在这里说说。

志和兄从河南农大毕业后，一直在省科技厅工作，为河南的小麦生产忙碌到退休。因为工作关系相识相知，不论我是在河南农大工作，还是在省农业厅工作，都经常一起组织活动。具体事情，从来都是他来操心。没有埋怨过，没有懈怠过，始终都有一股劲头。我懒散，他勤快，一块儿干活，对于我是取长补短，对于他，我干的活他也样不中，索性自己包圆儿，所以共事非常愉快。

我在农大工作时间长，志和兄是农大毕业的，我知道他对他老师的尊重是少有的。老师们科研上需要帮助的，他会努力支持。老师们生活中有什么需要，有什么困难，他也是跑前跑后，我看有时比老师的儿女还尽心。

他是一个爱交朋友的人，省内省外有很多朋友，特点是以诚待人。朋友的事就是自己的事，只管帮忙，不计得失。给职位高的人交往不谦卑，给职位低的人交往无傲态，真是上可陪皇帝、下可陪乞儿。

志和兄是一个爱憎分明的人，意趣相投的，可以割肉给你吃，人品看不上的，避而不见，各走各的。他见不得势利之人，搞不好敢当场翻脸。

他是爱喝点酒的，逢酒场先讲话，嗓门也亮，能把在场每个人的职务职称介绍得清清楚楚，朋友们给他送了个绰号：礼宾司长。有他在的酒场，寂寞不了。他说：俺爷临终告诉我，酒多伤身，没酒伤心。俺爷还说：有酒不喝，傻了，喝死总比驴踢死强。

今年春节，我去海南三亚小住，志和兄在澄迈，他和嫂子跑到三亚去看我。我小他大，论理儿我应当去看他，可是他说来就来了。几个朋友一起找个农家乐饭店，推杯换盏，把酒言欢。饭后扬手告别，乘车绝尘而去。

苏金洛

苏金洛是河南农业大学的教授，林业专家。20世纪90年代，学校派他去新县任科技副县长，新县可是离省会郑州最远的县之一。虽然金洛家里有困难，但仍然愉快地接受了任务。

新县是革命老区，山清水秀，但当时老百姓却不富裕。科技副县长的任务，就是提高当地经济发展的科技含量。学校派林业专家去，就是想通过林业，让老百姓致富。俗话说，要致富，多种树，新县到处都是树，按理说早该富了。再说，人家新县人啥树不会种呢？

苏金洛到任后，又请几个同行专家，对新县进行深入调研，和当地党委政府商量，决定大力发展银杏。银杏又叫白果，浑身是宝，叶果都是名贵中药材。新县也有原生态的银杏，但都是东一棵、西一棵，不成规模。说种银杏能赚钱，老百姓根本不信。苏金洛让老百姓种的是引进的新品种，生长快，结果多，但也有个别的树愣是不结果或结果很少。银杏树只有多结果，才能多卖钱。苏金洛经过反复摸索，总结了一套管理办法，能大大提高产量。谁家有树结果少了，按苏教授说的办法，结果多了；谁家的树不结果，按苏教授说的办法，结果了。老百姓过去把不结果的树叫公树，这公树结果不等于公鸡下蛋吗？后来就把苏教授传神了，说银杏树不结果，人家苏教授用手一摸就结果了。

转眼三年，新县不少农民从种银杏树上获得了很好收益。但苏教授任职期满，要回农大了，我代表学校去接他。三年来，苏教授和当地农民已结下了深厚感情，走到哪里都有人认识他，热情地给他打招呼。

晚上举行送别宴会，大家表示了诚挚挽留之意。我说，在高校，教师们要有计划地出外学习，有计划地实践锻炼，有计划地教学科研。金洛同志在新县三年，收获很大，这是实践。但还要回学校搞教学科研，否则怎么能成长为名教授呢？我们还会派其他专家来，请放心。大家又讲了苏金洛很多好话，包括逸闻趣事。

我看到了坐在靠边的县政府办公室主任，情绪不高，很不舍得苏县长走。县长发现这家伙没怎么说话，就点他的名，说道：你和老苏在一块儿时间最多，老苏要走了，你不表示表示？办公室主任就端杯酒缓缓站起来说：这几年我和苏县长，在一起的时间多，他要回郑州，心里挺不舍的。但仔细想想，老苏也该走了，光在咱新县，咋当名教授？再说，老苏这么神，树一摸就结果，我们新县姑娘一个漂亮过一个，万一哪天哪个姑娘给苏大教授握个手，怀孕了，你们说怎么解释？老苏掰扯不清，再受个处分，我可不忍心看领导出事。话音未落，笑倒一片。苏金洛说：你这人，平常开开玩笑，今儿在我们领导面前瞎掰，不够意思。办公室主任说：俺是怕领导犯错误，还不被理解，我自罚一杯。抬头一饮而尽。县长笑着，一拍桌子，端起酒杯和苏金洛酒杯啪地一碰，说，老弟你那手以后还真得放稳当点儿，别胡乱摸。又是一阵笑声，飘出屋外，飘向山林。

三 爷

我祖父弟兄三个，我爷居中，上有大爷，下有三爷，三爷名讳张廷堂。

三爷去世，没有回去送他，早就应该写点东西纪念他，由于手懒，拖到今天，真有点愧疚。

我们家，人老几辈子没有个识字的，标准的贫寒人家。为了改变家庭状况，老爷和全家商量，决定省吃俭用，供三爷读书，当官的奢望没有，起码让家里出个识字的人，不能全当睁眼瞎。

三爷读书的地方，离我们村有十多里路，是私塾，需要在那里吃住。三爷年龄小，不识秤，问拿多少粮食，三爷拿住秤，从定盘星用手往前比了一下，说：就到这儿。结果都笑他。三爷的天分似不太高，但学习刻苦用功。那时已废科举，再说没读几年私塾也废了，他没去上洋学堂，学问有多大，不好说。但我记事起，就知道他是村里几个最有学问的人之一。婚丧嫁娶有人找他，起名续谱有人找他。三爷的毛笔字，我见过，因为每年都要写春联。那字真叫好，有功夫，现在回忆起来，字体也属于"二王"

一路。

三爷待人接物和村里其他人不一样，一看就带着学问。如有客人，必是抬手示意让客人先进屋，让客人先落座，然后自己落座，把手平放在两个膝盖上，身板挺直。后来我一读到"正襟危坐"这个词，脑中就闪现出三爷的坐姿。

三爷从不和别人吵架，三奶奶脾气不好，我见老两口生气，高喉咙大嗓的都是三奶。看三爷也在生气，基本不说话，偶尔说一句，也不比平常说话的调门高哪里去。我也没见他和村里人吵过架，我想他一定认为吵架是没学问的表现。

新中国成立后，论学问，他是可以找份工作的。他的同学好几次来找他，他都拒绝了。三爷有些胆小，对形势看不准，觉得还是守着家稳妥，结果就荒废了他的学问，终老乡里。那时候乡里没有电，我见三爷戴着老花镜在煤油灯下读书。我是这个家族的长孙，小时候学习比较好，三爷很喜欢我。我问他看的什么书，他说《史记》。我小，听不懂，他给我讲刘邦项羽，讲楚汉相争，那时候日子紧巴，难有这样的闲空儿。

我知道三爷有学问，因此他在我心目中的形象比一般人高大。三爷见了我，有空儿总要问问我学习情况，问一次就是给我一次督促，一次鼓励。前些年我出版了一本小书，过春节回去带给他，他先翻了几页，然后摩挲着书皮，也不看我，连说几个好，最后又说："孩子，当官倒在其次，做人做学问才是最重要的。"我明白老人家最关心的是做人做学问，最信奉的是诗书传家。这使我对他又有了更厚重的看法，他虽然终生都生活在乡间，但内心有他不变的坚守和理想。

三爷走了，我没能去送他，也只能把遗憾化成行动，力争不辜负他老人家。

祝　寿

　　今天正月初二，在农村是闺女回娘家走亲戚的日子。父母亲都在郑州，所以全家商量好，今天都来郑州，既走亲戚，也给老父亲祝寿，全家也团圆团圆。

　　父亲今年 79 岁，正月初六生。农村有早庆生的习俗，放在正月初二给父亲贺八十大寿，年和日都提前了，家里人都赞成。

　　父亲从家里来郑州后，过过两次生，就坚持不再过了。特别是我当了省级干部以后，老人不过生的态度更坚决。逼急了就说："我回老家了，你们过吧。"我知道老父亲是为我好，怕惹麻烦。虽然都没说透，这等于耳提面命了。所以我在廉政方面要求自己更严了，怎么能辜负他老人家的一片深意呢！

　　好，今年给老人家庆八十了，正月初六恐怕别人知道，提前到初二，又正是两个妹妹回娘家的日子，给父亲讲了理由，他不好再拒绝。况且参加的全是自己家里人，外码不喊一个，全家一块儿吃个团圆饭，天伦之乐该是有的。

　　宴席开始时，兄弟姊妹们起哄，因我是大哥，让我讲

话，只好从众。我说，从领导岗位上退下来很少讲话，看来今天要讲。我讲了父亲这几年不让庆生的事情，讲了父母都是老实巴交的农民，没能挣几七几八的财产留给我们，但靠种地，靠养鸡，供养我们兄弟姊妹们读书，这就是天大的功劳。他们处世为人这份朴素，这份善良，这份低调，就是留给我们的宝贵财富，就是我们的家风，全家都要守好这个家风，当好儿女，孝顺老人，干好工作，服务社会。大家热烈鼓掌表示赞同。共同端起酒杯，祝父母身体康健，长命百岁！

父 亲

父亲已经 80 多岁了，尽管前些年心脏放了个支架，但身子骨硬朗，散步时，一气儿能走十多里路。就是耳朵有点背，给他说话，有时没反应，知道他没听到，于是就提高了声音。想想，父亲当年也是什么脏活重活都能拿得起的人物。

父亲干公家的活，帮别人干活，从不惜力，偷奸耍滑的事和他沾不上边。在乡亲面前落个实在、实诚。表现在和人打交道上，谁都知道吃不了他的亏，谁都知道他不会耍心眼。

父亲当的最大的官，就是生产队的会计。四清运动时，也被当作四不清干部清理。我那时年纪小，记得还退赔过一些东西，但没挨过批斗，估计那些不清的部分不多，不值得批斗。从那以后，不管是谁动员他，啥干部他也不当了。但街坊邻居发生点矛盾，还会找他评理，好像义务做点干部工作。

父亲干庄稼活，是个好把式，农活里没有他不会干的，摇耧撒种，扬场放磙，盖房砌墙，春麦夏豆，都能侍弄得实实在在、妥妥帖帖。当农民，他是一个完全合格的农民。

父亲也当过工人，在地区拖拉机修配厂，年年先进，就是国民经济调整时下放了。人家都千方百计留下，他响应号召主动报名。用奶奶的话说，就是赶牛屁股的命，你不下放谁下放。后来生产队也用上了柴油机，每当出了毛病，就有人喊我父亲去修理。父亲捣鼓捣鼓，总能让机器再响起来。我内心对父亲干庄稼活在行，没有怎么佩服过，对他会修柴油机、轧花机等洋玩意儿，很有点小崇拜。

父亲对我们这些孩子，完全是散养。他也不是不识一点字，但不记得他问过作业怎么样，学习怎么样。即使你惹了事，也是逮住揍一顿了事。上小学三年级时，有一次我钢笔丢了，怕挨打，不汇报，好长时间不交作业。等老师说与他，先是打我一顿，后是马上给买支新钢笔。

我弟弟在本村上学，调皮捣蛋，老师管教不住。教学的民办教师都是我高中同学，我春节回家向我告状。我说咋不给我爹讲，他们说讲了。我气得揍弟弟一顿，父亲在一边说，该打。我问父亲，你咋就不管他。父亲说，我给他讲，你不好好学，小心你大哥过年回来揍你。我无言以对。是啊，有人替他打，他懒得动手了。

我当了不大不小的官以后，有些人就托父亲找我办事，我嚷父亲多管闲事。父亲说，乡亲乡邻的，你见见，把道理讲清楚，事情能办就办，不能办就不办。我知道父亲为人厚道，受不得别人央求。不给我说怕乡亲们说闲话，给我说又怕我为难，我知道他的难处。我给父亲说，谁找你，你就说事情已经给我说了，事怎么办、办不办你不要再管了。

记得有一次，父亲来郑州时提到："前一段和你××哥生了场气，他盖房子非要把滴水放到咱地里，这还不算，还在全庄到处说你欺负他了。我说，他几年都没有回来了，咋能欺负着你呢？"我对父亲说："那点宅基地不要争，他愿放滴水就让他放，他说我欺负他只管让他说，不但是近邻，而且是近门，别让别人笑话。"父亲回去后，给我那本家哥说："我去郑州见你兄弟了，他说同意你放，我也没有意见，你房子该咋盖就咋盖吧。"本家哥一听，愣了神儿，说："叔，那我再往后退点，咋着滴水也不能放你地里。"

有人说父子之间话是很少的，我也有这个体会。我和父亲聊家常，就没和母亲多。现在老人家耳背了，爷俩反而说话多了。在一起时，故意扯一些村里事，故意扯老年的事儿，让他说得多，我听，我耳朵还行呢。

母 亲

母亲不识字，但脑子好使、灵便。

母亲会织布，自从进了我们家，纺花织布就成了我家的副业，有了这门副业，才能保证这个家艰难度日，不致挨饿。

这门副业，即使"割资本主义尾巴"时，也没遇到过麻烦。洋布买不起，再不织土布，怎么解决穿衣问题。只要到集上卖布时，不被抓住就行。以母亲的机灵，不可能被抓住，反正没被抓住过。

纺线永远是奶奶的活，整天没明没夜地纺。织当然是母亲的活儿。母亲不但能织平布，还能织出很多品种的花布。奶奶纺不停，母亲织不停。母亲亲口告诉我，怀我的时候，也没有停织布。看来，我享受的胎教，就是只闻机杼声。上大学前，我真还就去县针织厂当了一阵子工人，可见胎教是有用的。

布织好后，要到集上去卖。这事也都是母亲负责，她算账快如算盘，又能讨价还价。有一次母亲身体不适，让父亲去卖，结果就少卖了钱，回来惹母亲嘟噜半天。小本生意呀，哪能大方得起？那是奶奶一抻儿一抻儿纺，母亲一梭一梭织的呀！

母亲没上过学，不识字，但记性好。过去多久的事，你一说她都记得。聊起天来，谁家给谁家是近门，谁家几个闺女几个儿，儿子找的哪庄的媳妇，生了几个孩子，闺女嫁到哪庄，日子过得怎样，她都知道。

忽然有一天，妹妹笑着对我说，咱娘想学认字哩。我问母亲，母亲说："那电器上的说明书，看不懂，想问。"我笑着对母亲说："七十多的人了，最大的事情是把身体保养好，恁二老的健康，就是我们当儿女的福气。"后来，母亲还真能看简单的书报了。

母亲是有性格的人，但是在家里有奶奶罩着，父母亲都使不开自己的性子，母亲什么事都随着奶奶的意，即使生气，也不打别。都说最难处的是婆媳关系，但母亲对奶奶是孝而且顺，我从没见过她俩拌过一句嘴。

近些年，父母亲年纪大了，接他们来郑州住，特别是越冬。但天一暖和，父亲便待不住，着急回老家，觉得和乡亲乡邻在一块儿，自在。母亲和父亲态度不一样，觉得回去固然好，不回去也行。在城里住，看看电视，和院里老人们坐一块儿聊聊天，能住住，不急。

母亲一生织多少布，有多长，计算不清。我说织布是我家的副业，母亲家里地里活多呢，一辈子苦劳俭省，八十多岁了，身体还没落下大毛病，自己做饭，自己洗涮。这不等于还在给儿女做着贡献吗？

祖 母

爷爷去世时，奶奶只有 27 岁。一双儿女就是我的父亲和姑姑，父亲当年 4 岁，姑姑 2 岁。真是孤儿寡母。

多年后，当我懂事的时候，奶奶说起往事，那种刚强洒脱，像在说别人的事，看不出丝毫悲伤。你爷死时，没留庄子，没留地，连句话也没留，流两眼泪是真的。他想不到，别人也想不到，我还能过这一大家子人，子孙满堂。

爷爷是有名的老实本分人，奶奶是有名的贤惠孝顺媳妇。家庭突遭这么大的变故，平静的生活彻底被打破。爷爷走后，奶奶终日以泪洗面，自己都担心自己的身体要垮掉。但不能垮呀，垮了谁照护两个孩子呢？这种心劲，使奶奶硬挺了过来。

风刚过去雨来，不顺心事总是挨着。

奶奶带着孩子回娘家，本来是为散心而去，但从外曾祖父（我们喊老姥爷）那里听说了一个不好的信息，说婆家要撵她走人。奶奶如雷轰顶，差点儿没晕厥过去。可是爷爷去世半年来，泪已经流干了，奶奶没再放声大哭，反而表现出了出奇的平静。

老姥爷说：闺女呀，你这么年轻，孩子这么小，这日子没法过呀！奶奶咬咬牙说：日子没法过也得过，孩子没有爹了，我不能再让孩子没娘。我看他们谁有本事把我从洼张撵出去。扯起两个孩子的手，说，走，回洼张。奶奶不想让自己父母为她担心。

奶奶回到家里，表面装作平静无事，其实是浑身炸药，就看谁来点引信了。

一连几天，没什么动静，奶奶开始怀疑外曾祖父得的信儿是否有准头，是不是谎信儿？

该来的还是要来。一天早饭后，老爷（曾祖父）喊住奶奶，说：孩子呀，你这样年轻，俩小孩这样小，这日子啥时候是个头呀，还是走一步吧！奶奶说：爹，你说这走一步我不同意，我生是张家人，死是张家鬼。我年轻，更能吃下苦，孩子小总有长大的时候。老爷看商量不成，就说起硬话来：儿子没了，就不使媳妇了。奶奶说：你儿死了，我有儿，有儿俺这一支儿就没绝户，谁也别想撵俺出洼张。老爷说：你把俩孩子撇下，回你娘家去吧。奶奶说：孩子在跟儿跑着我还不放心呢，交给你们还恐怕你们杀了他们哩。你要撵我走，我今天就给你们拼了。老爷一看，平时孝顺的儿媳妇突然变脸，一时也懵了。

267

奶奶给我讲：我到院里掂把抓钩，就去锛你老爷，被你老奶跑过来一把抱住了。我问你老奶是不是也撵俺走，你老奶说，咱哪儿也不去，死，死一块儿，活，活一块儿。她回头骂你老爷，快死一边去。你老爷赶紧往大街上走，我把你老奶推倒床上，掂着抓钩就去追。到院里看见你大爷在西屋露个头，我对着他说，你也不是个好东西，我知道都是他给你老爷出的歪点子。你大爷看我掂个抓钩，吓得赶紧把门关上了。在大街上，我喊着你老爷小名，让他站住，说今儿非锛死你不可。满大街都是看热闹的、劝架的。你老爷觉得人丢大了，以后再不敢跟我提这事。

奶奶说：第二天，我去前街找着你老黑爷，他是族长，把事情缘由说清，请他去给俺主持分家另过。你老黑爷到咱家，先说你老爷一顿。又说，她有儿再小也是男人，你就不能赶她走。家分喽吧，他弟兄仨，三一三剩一，她日子有难处，让她先挑。家分开没几天，你老奶死说活说又合在了一块儿。因为地里活没人干呀，你老爷老奶年纪大，你大爷腿有毛病，当时还没娶你大奶奶呢，你三爷还正上学。你老爷使使牲口行，其他活还得指望我。这家是到你大奶奶、三奶奶都过门以后才分的。

奶奶说：分家以后，你爹你姑都慢慢长大了，能搭把手干活了，日子也过得越来越好了，除了原来分的 3 亩地，又俭省着买了 5 亩地。8 亩地，每年打的粮食吃不完。

我说：奶奶呀，要不是解放了，你非给咱家买个地主富农不行。

奶奶说：你说的是，粮食吃不完，你不买地干啥用？

我问奶奶，那些年日子最难过的是啥时候？奶奶说，最难过的是蚂蚱吃那一年，眼看地里庄稼长得黑莽莽的，忽然来了遮天蔽日的蚂蚱。开始人还去扑打，累死人也打不完啊，蚂蚱一过去，好多庄稼连秆都没留。家里粮食吃完了，反正能吃的都吃了，你爹和你姑饿得躺床上不会动了。我和你大奶奶去地里挖野菜，走到村头，我看前边信庄乱晃，忽然就晕倒了。你大奶奶往我嘴里塞了点野菜，我才又醒过来了，那也是饿的。那时候真不知道还能活几天。可是再苦的日子，总算熬过来了，要是熬不过来，可没咱这一家人家哩。奶奶笑着拍了拍我的头。

等我记事时，就知道奶奶一刻也闲不住，放下东，拿起西。特别是没明没夜地纺花，供我母亲织布去卖。纺织就是我家的副业。我上学走时看见奶奶在纺，我放学回来了看她还在纺。夜里我睡下时她在纺，我睡醒了她还在纺。

夏天干地里活时，奶奶就用湿毛巾蒙在额头上，像个伤员一样。一说轻伤不下火线，就想起奶奶夏天在田里劳动的场景。冬天手总是冻得裂好多很大的口子，晚上就用一块猪油，在灯上燎化后滴在裂口上。那双手的粗糙和老茧，我永远不会忘掉。头疼发烧时，奶奶总用她的手摸我的额头，我感到硌得慌。

奶奶在家里闲不住，年轻时庄稼活也是一把好手，别看她一双小脚。用奶奶自己的话，除了扬场放磙，其他庄稼活，男劳力我也不服他。

她常说：庄稼人，干活的命。你不干活，等麻嘎子（灰喜鹊）屙给你吃？

奶奶的心地非常善良，非常富有同情心。碰见有讨饭的，哪怕自己吃不饱，也总要给人家个馍，给人家盛碗面条。逢到我们在跟儿，总让我们亲手递给人家，态度不好都要吵我们。奶奶好说：能行一点，谁出来要饭呀？

东邻西舍，谁家有困难，能帮就帮，从不吝啬。谁家借了东西，从不让我们催还。她认为，那多薄气呀。

奶奶的理论是，吃亏人常在。她说，你见贪占小便宜的人，把日子过好了吗？人要长远，长远才能襄迎人。

奶奶经常给我们讲一些行善积德、因果报应的故事。我稀罕，她不识字怎么还能记住那么多故事？她给我说，为了烧高香，曾步行去过太昊陵，那来回可是四百多里路程呢。

我父亲就弟兄自己，奶奶寡妇熬儿，我们这些孙子孙女，都成了她的宝贝。她不允许父母亲打我们，往往是父母亲还没打住我们，自己已被奶奶的木锨扫帚扩身上了。所以父母亲要打我们，得趁奶奶不在跟儿时。我们一看奶奶不在，立即绝望。

如果在外边谁欺负了我们，奶奶会找到人家家讨公道。如果人家找到我们家，奶奶会说，小孩子互相抓两下，不碍事，回来我打他。回来顶多吵两句，从不打我们。

我参加工作后每次回家，奶奶见了都高兴得很。如果有人找我说话，奶奶就坐一旁听，等别人都走了，祖孙俩再静静聊天。问我爱人咋样，孩子咋样，工作忙不忙。最后总会说，你比上次回来瘦了，我给奶奶说，没瘦。其实我正在为身体发胖犯愁呢。

每次从家回城，奶奶总说，走吧，别耽误工作。她内心里把我的工作看得很神圣，因为那是公家的事。真不知道她怎么树立的这个理念。我知道她很想让我在家多留一天。每次她都拄拐杖站在送别的人群中间，目送我的车子走远。车子开动时，我摇下车窗，故意笑着和人群招手，但我盯着的是奶奶。她老人家满脸皱纹，满头白发，腰也弯了。等摇上车窗，我眼里已噙满泪水。

奶奶90岁那年，有一天要下雨，她忙着去收院里晾晒的衣物，结果滑倒摔断了右腿，在郑州做了手术。手术虽然成功，但从此走路困难了，行动基本靠轮椅。行动不便，导致身体状况越来越差，脑子也开始清亮一阵儿，糊涂一阵儿。最后一次生病住院时，有时候连我父母她都认不清。但我下班后去看她，她能认出来。每次总会说，你这孩子，都说你孝顺，我住院都不来看我。我给她说，夜儿不是还来看你了。夜儿来了？周围人都证明我来了。奶奶就笑了，说，你看，忘了。

奶奶去世时，93岁。如果不是腿摔断，从老人家身体看，她还能再多活几年，也能让儿孙们多在她跟前尽点孝心，以报老人家平生艰辛于一二。子欲孝而亲不待呀！

转眼，奶奶已去世十多年了。但老人家总不时地走进我梦里，还是六七十岁的模样，满头银发，身子骨硬朗得很。

挥 公

今年去濮阳参加了祭拜挥公的活动，以前没参加过。瞻谒过挥公墓，墓址所在的挥公园，占地很大，有五六百亩的样子，栽植有各种花木，中有挥公持弓雕像。

挥公和黄帝的关系，有两说：一说是黄帝第五子，为黄帝次妃彤鱼氏所生；一说是黄帝的孙子，黄帝正妃嫘祖所生之子玄嚣的儿子。历史遥远，史料龃龉，各有所本，一时还难下结论。

但关于挥公为张姓始祖，似无争议。他观弧星，制弓矢，封弓正，后叫弓长，遂赐姓张。当黄帝之时，不论生产生计、战争杀伐，弓箭的发明都是大事，代表着当时生产力的极大提高。

既然挥公是得姓之祖，历史上不可能再有早于挥公的张姓之人，但《庄子》一书中有："黄帝将见大隗乎具茨之山，方明为御，昌寓骖乘，张若、諨朋前马。"既然张若能为黄帝牵马引路，挥公和张若同时出现在黄帝时期，张若不可能早于挥公已姓张，又不可能同龄有二张，只有一个可能，晚于挥公而姓张。所以有学者认为，张若只能是挥公之子，一切事情才能讲得通。说黄帝活了一百多岁，那是不可信的。设想黄帝见大隗时七十多岁，那挥公年龄如果作为儿子辈，应该是四十多岁。张若如是挥公之子，应为二十岁左右。二十岁的小伙子为爷爷牵马引路，倒是一幅和谐访客图。如果牵马的不是张若，而是挥公，历史上张若这个人物就无法安排，所以主张挥公是黄帝之孙的谱系，只好把张若这个人物隐去，否则就说不周严。这样看来，说挥公是黄帝的儿子，虽不能遽下结论，但更合情理些。

张姓来源很多，这也是成为当前中国第三大姓的原因之一。据说，现在全世界有一亿多张姓人口，遍布全球。得姓早，人口多，自然各路名人逸士也多，数不胜数，所以这里不数。

张姓有俩著名的堂号：一是清河堂，是讲张姓祖源地的。清河张姓源远流长，代有名人载于史册，根据中华民族慎终追远的传统，所以清河堂就成为张姓的著名堂号了。二是百忍堂，是由唐代寿张人张公艺来的，是说家风的。张公艺九世同堂，几百人生活在一起，和睦相处，熙熙天伦。唐高宗李治，泰山封禅途中，慕名视访，问以治家秘诀，张公艺书百忍作答，高宗很受感动，当即封张公艺醉乡侯，封其长子张希达为司仪大夫，并亲书"百忍义门"四个大字。以后百忍堂也就成了张姓著名堂号。

现在国内外，有好多张氏宗亲会，派人来濮阳祭祀始祖挥公，这也是中华传统文化的一种继承张显，不忘先祖之功，以励后昆奋发，于社会发展也多有裨益。

张 飞

一说张飞，在中国可是妇孺皆知，实际上大部分人知道的是《三国演义》中的张飞，自然是豹头环眼、威猛无比的黑脸大汉。而历史上的张飞，和《三国演义》中的张飞还真不大一样。

张飞是刘备的义弟，桃园三结义中的老三，五虎大将中的第二。喝桥断水、夜战马超、义释严颜、智败张郃，都是人们耳熟能详的故事。莽张飞，粗中有细的张飞，历来为人们所称道。

张飞在家乡长大后的营生是杀猪宰牛，被屠宰业尊为祖师爷，每年阴历八月二十八日张飞生日这天，在阆中，屠户们要封刀祭祀。但张飞小时候应该是念过几天书的，否则，他的书法、文章、绘画和杀猪刀联系不起来。

据现存文献，被认为是张飞书法作品的有四。其一是《刀铭》，陶弘景《刀剑录》中记载：张飞初拜新亭侯，命匠人炼赤山铁，铸一刀，铭曰："新亭侯，蜀大将也。"其二为《刁斗铭》，杨慎《丹铅总录》："涪陵有张飞《刁斗铭》，其文字甚工，飞所书也。"其三为《新都县真多山题名》，见杨慎《全蜀艺文志》："王方平采药此山，童子歌玉炉三涧雪，信宿乃行。"其四为《张飞立马铭》："汉将军飞，率精卒万人，大破贼首张郃于八濛，立马勒铭。"尽管有人否定其真实性，但民间仍信飞能书法。连纪晓岚也在《涿州道中杂咏范阳旧事》诗中赞曰："慷慨横戈百战余，桓侯笔札定然疏。哪知拓本摩崖字，车骑将军手自书。"

历史上有人赞扬张飞能文能武，清代方象瑛在《张桓侯庙》中赞其"休休儒将度，矫矫虎臣风"。民间还流传张飞擅画美人，说涿州鼓楼北墙上的《女娲补天图》就出自张飞之手。

张飞有两儿两女，儿子张苞、张绍都是少年英俊，银袍小将。两个女儿都是刘禅的皇后，阿斗可是个贪色的主儿，肯定不是光凭关系立的后。和关羽关系也够铁的，关羽也有女儿，并拒绝过东吴的求婚，肯定也丑不了，就没这当皇后的份儿。张飞两子两女都一表人才，张飞却是个黑脸大汉，似乎有些说不过去。《三国演义》作为小说，极尽夸张之能事，鲁迅说它写刘备之忠而似奸，状诸葛之智而似妖。其实，应该还有写张飞之猛而似憨，说他面黑，说他满脸胡须。试想把张飞写成周瑜似的，还能是人们喜欢的张飞吗？

我喜欢《三国演义》中的张飞，但有兴趣的人，不妨探讨探讨历史上真实的张飞。

苏轼出错

　　在儋州中和镇东坡书院，想看看使苏大学士出错的狗仔花，可能来得不是时节，遍寻不着。

　　说是王安石有两句诗"明月当空叫，黄犬卧花心"，苏东坡看到后，觉得写得毫无道理，明月怎么会叫呢，黄狗怎卧到花心呢，于是提笔改为"明月当空照，黄犬卧花荫"。后来苏东坡以琼州别驾，遭贬海南儋州，住在中和镇，即现在的东坡书院。一天和儿子外出游玩，看到一种很奇怪的小鸟，正在枝头鸣叫，问当地人是什么鸟，当地人告诉他说，叫明月。走着走着，看到路旁开着一种淡紫色的小花，花心里像卧着几条小狗，非常漂亮可爱，问当地人这是什么花，当地人告诉他，叫狗仔花。苏东坡忽然想起王安石的诗，原有所本呀，事实上是自己错了。

　　还有一个传说。一天，苏东坡去拜访王安石，适值安石外出。东坡看到王安石书案上有一首咏菊诗只写了两句："西风昨夜过园林，吹落黄花满地金。"苏东坡认为这意思不对呀，"西风"指秋风，"黄花"指菊花，菊花的特点就是傲霜斗寒，怎么会秋风一吹就花落满地呢？于是提笔濡墨，续写一联："秋花不比春花落，说与诗人仔细吟"。王安石回来看到续诗，笑东坡见识不广。后来苏东坡以团练副使谪贬黄州，一天大风过后，和好友陈慥一起到花园赏菊，发现满地黄花如金，才知道黄州的菊花是会落的，恍然悟出，原来王安石的诗，吟诵的对象正是黄州的菊花。据说，这也是贬他到黄州的缘起。

王安石和苏东坡在政治上是对头，但两人都不是凡夫俗子，论私谊还都是相互尊重的。以上两个传说，把二人设成对手，其用意并不是证明王安石学问比苏东坡好，而是说王安石才配当苏东坡的对手，别人不配，说出来不像回事。更不是证明苏东坡学问比王安石差，而恰恰是说苏东坡这么有才，这么博学，如果不认真，如果想当然，一样会出错。尽管是传说，但其中道理，真堪镜鉴。

冯梦龙在《警世通言》中有篇"王安石三难苏学士"，整篇是奉劝世人要虚己待人，切勿自满。"满招损，谦受益。"连苏东坡那么大学问也有出错的时候，谁还有骄傲的资本呢？

回首向来萧瑟处归去也无风雨也无晴时东坡大境也而我只看到竹杖和芒鞋丁酉冯杰

请王蒙先生讲学

王蒙先生毕竟 80 多岁了，请他来郑州讲学，原本没有什么把握的，没想到他爽快地答应了。今年阳春三月，王蒙先生如约而至。见了面，他说，你们诚邀，我怎么会不来呢？

有人说王蒙作为一位作家，"本身就是一部当代文学史"。我们这代人有几个没读过《青春万岁》呢？他们那一代有几个人没随共和国一起颠簸呢？何况以王蒙之才气，以王蒙之朝气，果然就当了"右派"，就被下放到新疆劳动 16 年。后来平反回京，新作泉涌，奔突不竭。后来又做了共和国的文化部部长。再后来不当部长了，再务当行，仍然新作泉涌，仍然奔突不竭，年轻人也比不上。他不但是作家，还是知名文化学者。能写，而且能讲。

在不同场合，我听过他几次演讲。古今中外，纵横捭阖，议论风发，机智幽默，这次又让郑州听众，领略了一下 84 岁王蒙先生的风采。让你感到，往时的曲折，都变成了他的厚重和渊博；大漠的朔风，吹老了他的容颜，也吹强了他的心。无论顺逆，他都能咀嚼消化，强身健脑。

王蒙先生这次来郑州演讲的题目是"阅读经典"。他说："把所有经典，都当作活的人、活的思想来体会，从中感受到一种生机和活力，方能学到真正中华文化的智慧，对当下有一种启发。"他讲到孔孟老庄时说：孔子给人感觉很亲和，如沐春风；孟子显得很严肃，很正经，说话很硬气；老子喜欢抬杠，用现代话说"有点雷"，用的字眼玄虚抽象，连孔子都被镇住了；庄子的"雷人雷语"表现在想象上，有许多非常巧妙又稀奇古怪的说法。

　　头天晚上，我请王蒙先生吃烩面。我说安排在这里吃烩面，离车站近，也符合八项规定。他说，对呀，完全符合规定，来河南怎么能不吃面呢？我一听说吃烩面就来劲儿。我说，看您书里写的，还是能喝点酒的。他说，那是年轻时候，三四十岁的时候，现在不行了，八十四了。紧接着又幽自己一默："七十三、八十四，阎王不请自己去。我可不能在郑州去了，要是在郑州去了，你们赔吧！"又上来几个菜，王蒙先生很有胃口，每个都说好吃。紧接着又讲了个故事，说里根来中国访问，咱请人家吃烤鸭，里根觉得中国菜真好，每一道菜都吃，等烤鸭上来，撑得吃不下了，请吃烤鸭结果没吃上烤鸭，我今晚上可是冲烩面来的。全桌人大笑，我说，服务员，上面。和王蒙先生一起，即之温润，得沐春风。

又见鸠山先生

鸠山由纪夫先生是日本著名政治家，一直致力于中日友好事业。曾邀他参加过两届嵩山论坛，他都愉快答应，并莅会发表了热情洋溢的演说。在豫期间，我陪他参观了河南的少林寺、中岳庙、嵩阳书院等文物古迹，他对中国优秀传统文化非常热爱。

鸠山先生非常谦和，我们在一块儿，从中日友谊到日常生活，从政治到文化，都能聊到一起。和他同来的还有他的夫人鸠山幸女士，她处处表现出日本女人特有的那种对丈夫的关爱和对客人的彬彬有礼。

这次鸠山先生和夫人应邀来郑州参加2018年世界旅游城市市长论坛，他不忘老朋友，约我一起见个面，叙叙旧。从这些小事上，也能看出鸠山先生的为人处世的作风，我们的交往并不因为他当过日本首相和我已经退休而有任何阻碍。

鸠山幸女士见了面，回忆起上次会面的美好时光。那次因为有事，夫人先行回国，这次见了给我讲，她走后担心鸠山先生喝醉。我说我们不主张让客人喝醉，主张让客人喝尽兴，何况鸠山先生海量。我告诉鸠山幸女士说，那次你走了后，我问鸠山先生，夫人走了，没人管了，可以尽兴喝吗？鸠山先生说，日本和中国一样，夫人不在，可以放开喝。那次同行的白圭先生，是个中国通，看我和鸠山先生喝得高兴，开玩笑说要成立个中日酒道协会，建议我当中国方面会长，他当日本方面会长。这次见面谈起此事，鸠山先生表情沉重地接话道：白圭当不了了，他已去世了。我一时也不知怎么接话好。鸠山先生说，你上次送我的杜康酒，不但我爱喝，夫人也爱喝。鸠山幸女士一听来了兴致，端起酒来，要跟我对饮一大杯，我也只好笑着奉陪，气氛马上又活跃起来。

鸠山先生前两次来，很详细和我讨论中国的敬酒礼节，没想到他已经纯熟到惊人的程度。他看我给客人敬过酒，随即举杯给主人敬酒，并且还礼貌地走到每个人面前敬，最后又到另一个房间，给没坐在主桌上的双方工作人员敬酒，真是周到之至。

酒席结束时，鸠山先生给我说，想请教你个问题，看你精神那么好，有什么养生秘诀？我说，喝酒，中国白酒，但每天不超过三两。鸠山先生听了，看了看夫人，发出爽朗的笑声，随即与我对饮一杯，大家尽兴而归。

卷 四

柘 树

柘城的地名来自柘树，柘树原产柘城。福建宁德有个柘荣县，江西永修有个柘林湖，安徽巢湖有个柘皋镇，湖北监利县有个柘木乡，百度上都没提到和柘树的关系。只有广东饶平县的柘林镇，传说古代有一片柘林。柘城和柘树的关系，可是屡屡不绝于书。柘树乃吾故乡乔木。

柘树，落叶灌木或乔木，树皮灰褐色，有刺，叶卵形或椭圆形，头状花序，球形果实。又名柘桑、黄桑、灰桑、伤脱木、旺木、文章树、柘子、佳子、野梅子、野荔枝、老虎胆、黄了刺、刺丁、黄疸树、山荔枝、疟腮树、九重皮、大丁癀。

叶可饲蚕，蚕产的丝叫柘丝，据说质量高于桑丝。用柘丝做琴瑟，清响异常。秦时正是柘城盛产柘丝，才设柘县。

柘树生长太慢，十柘九弯，很难成材，老百姓不喜栽植，因此成材的柘木才更显珍贵。

柘木中心黄色，质坚致密，谓之贞柘，是十大珍贵名木之一，打磨后可泛荧光，号称南檀北柘。汉桓宽《盐铁论》有"今仲由冉求，无檀柘之材，隋和之璞"。柘树可作染料，染黄赤色，谓之柘黄，制衣天子所服，谓之柘袍或柘黄袍。隋文帝始服，后泛指皇袍。元欧阳玄题《陈抟睡图》诗："陈桥一夜柘袍黄，天下都无鼾睡床。"苏轼书韩干《牧马图》："岁时剪刷供帝闲，柘袍临池侍三千。"所以又称柘树为帝王木。柘树茎皮可造纸，根皮可入药，功能化痰止血，清肝明目。柘木可做家具，那可是家具中的珍物。还可做笔筒，做摆件，做手串，做佛珠等。

唐教坊曲有《柘枝舞》，省称柘枝。舞者身着五色绣袍，腰扎银带，足蹬锦靴，头戴花帽，帽系金铃，随舞作响。伴奏以鼓为主，开场一击，三声为号，舞者按鼓声节奏起舞，同时兼以眉目传情。舞姿变化丰富，刚健明快，又婀娜俏丽。舞袖时而低垂，时而上翘，谓之柘袖。踏步快速而复杂，结束时有深深的下腰动作，有点类似现在的手鼓舞。唐章孝标《柘枝》诗："柘枝初出鼓声招，花钿罗衫耸细腰。"清吴伟业《赠妓朗圆》诗："轻靴窄袖柘枝装，舞罢斜身倚玉床。"白居易有《柘枝妓》诗："平铺一合锦筵开，连击三声画鼓催。红蜡烛移桃叶起，紫罗衫动柘枝来。带垂钿胯花腰重，帽转金玲雪面回。看即曲终留不住，云飘雨送向阳台。"

唐代诗人王驾有《社日》诗："鹅湖山下稻粱肥，豚栅鸡栖半掩扉。桑柘影斜春社散，家家扶得醉人归。"我是个农民，我非常喜欢这幅农家行乐图。古时春秋两季，有例行祭祀土地神的日子，春称春社，秋称秋社，王驾写的是春社。其中"桑柘影斜春社散"中的"桑柘"，那是社树，它代表着家乡。不管你在千里万里之外，眼前脑际总有桑柘影斜、婆娑摇曳，那是人人都有的故园之思。

柘城虽说是柘树的原产地，现在很难见到柘树。据我所知，也只有老王集乡扳曾口村有一株，树龄有 600 年以上。因为柘树珍贵，清时柘城把柘树上贡给朝廷。但柘树有刺，相貌又不美观，不便植于宫廷，皇帝就赐给岫云寺。岫云寺始建于西晋永嘉元年 (307 年)，初名嘉福寺，康熙皇帝赐名岫云寺。寺里栽了柘树，寺后又有龙潭，故民间就把岫云寺叫成潭柘寺，很少人知道其原名岫云寺了。潭柘寺有 1700 多年历史了，比北京历史还长，所以北京人有句话说：先有潭柘寺，后有北京城。

20 世纪 90 年代，我在北京学习，认识了北京市门头沟区委副书记朱明德，潭柘寺就在门头沟区。明德兄和我家乡商丘市委书记刘新民是战友，于是我就撺掇两位领导搞一个柘树还乡活动，把潭柘寺的柘树，回赠一些给柘城，以改变柘城无柘、少柘的现状，两位领导欣然同意。遗憾的是，我很快学习结束返豫，致使柘树还乡之举延宕无果。

近日看到北京举办首届潭柘寺柘树文化节，高兴莫名。默祝珍贵的柘树，能染绿潭柘寺，染绿北京城，让柘树文化不断发扬光大。

玉 兰

窗外，一株白玉兰，两株紫玉兰，都开了。

白玉兰，又名望春，是名贵花木，种植区域广泛，长江流域、黄河流域皆可种植。有不少城市把其作为市花，不少高校把其作为校花。我在河南农业大学工作十年，办公楼前有一排高大的白玉兰，新春开学，正值花开时节，一株株粉妆玉琢，素衣轻纱，阵阵清香，不绝如缕。离开河南农业大学已十五年了，每当在别处看到玉兰花开，就想起了那排玉兰，但愿年年都开得那样富丽繁盛，给莘莘学子送去美好的春的祝福。

紫玉兰又名辛夷，花朵富丽，香气淡雅，既有珍贵的观赏价值，又是传统中药材。在治疗鼻部疾病方面，有显著疗效。紫玉兰含苞待放时，像一管管毛笔，如果赞扬一个人的文笔才情，赠送紫玉兰再恰切不过。《楚辞》中把木兰作为主要香木，象征忠贞贤良，有"朝饮木兰之坠露兮，夕餐秋菊之落英""朝搴阰之木兰兮，夕揽洲之宿莽""辛夷车兮结桂旗"等著名诗句，说明玉兰渗透进了中华文化的悠长历史。玉兰在传统文化中是春天的标志性植物，如唐代诗人钱起在《暮春归故山草堂》中写有"谷口春残黄鸟稀，辛夷花尽杏花飞"，说是春天里辛夷先开花，然后杏花绽放。

到夏季，又有一种玉兰开放，叫广玉兰，也叫洋玉兰、荷花玉兰。花朵硕大富丽，形似荷花。树干雄伟挺拔，叶阔绿浓，就像丰腴的白人模特一样，给人惊艳。郑州街道两旁、湖岸水湄，皆有种植。金水路旁、龙子湖畔，有成行成片的广玉兰。物候不同，我印象是南方的广玉兰花朵开得密而略小，北方的广玉兰开得疏而丽硕。广玉兰花香馥郁，能净化空气、保护环境，是不可多得的绿化树种。

说杨树

　　杨树是我国北方最平凡的树种，因为适应性强而被大量栽植。

　　故乡的杨树是毛白杨，树干挺拔，树冠庞大。叶如掌，正面绿青，背面粉白，触摸有柔滑感，叶柄韧软耐折。经风一吹，发出流水般的响声。每读到"白杨多悲风，萧萧愁煞人"的古诗，就想起村后老坟场边几株高大的白杨。小时候，夜晚独自从树下经过，总是浑身发紧，碰巧来一阵风，响声大作，免不了心跳加快，拔腿就跑。

　　我们那里称杨树为"鬼拍手"，院旁植树时，讲究前不栽桑，后不栽柳，院内不栽鬼拍手。房前屋后真的很少见到杨树。后来村边大量种植的杨树，已不是早先的毛白杨了，而是杂交种。种得很密，树冠紧凑，枝条很少，叶子也小了，但长得飞快，不几年就能轮砍一茬。两相比较，我还是喜欢原来的毛白杨。

　　后来发现，为了固沙，人们栽植了大量杨树，知道它为改善人类的生存环境做出了重大贡献，有资格受到茅盾先生的礼赞。黄土高原上的白杨，经霜后色呈金黄，是秋后的一道风景，俄罗斯油画似的。

　　前几年，去新疆看了杨树家族中的寿星——胡杨，号称活着千年不死，死了千年不倒，倒了千年不朽。胡杨是沙漠里的一道风景线，顽强的生命力令人钦佩不已。

　　这些年流行一首军营歌曲《小白杨》，久唱不衰。歌词并不华丽，几乎就是白话。白杨是平凡的，我们的边防战士也是平凡的，平凡如一株白杨，但他从家乡来到了边疆，平凡中就蕴含着伟大，伟大的爱国主义精神。小白杨不只是一棵树，那就是故乡，守边不是别的，守边就是守家，守家就是卫国。这首歌曲，感情朴素真挚，所以才有那么多人爱唱爱听。我们确实应该从杨树的平凡中咂摸出点伟大来。

说柳树

"碧玉妆成一树高，万条垂下绿丝绦。"总觉得这是贺知章老先生在我们村头写的，因为俺村头有很多柳树。

春天来了，柳树早知道，柳枝先变黄，再变绿，柔柔地垂着。我们小时候也折柳，但不是为了送别，而是编成柳帽戴在头上，俗话说："清明不戴柳，死了变成狗。"柳、留同音，意思是留住青春，留住年轻。另一种玩法是，制成柳笛。先把粗点的柳条拧捏熟软，可以把柳皮整个脱下来，长短不拘，不能太长，太长吹起来费劲，拃长为宜。再把一端外皮去掉，保留里层，一支柳笛就做好了。吹时嘴里苦苦的，像奶奶煮的柳叶茶。柳笛可以吹响，咿呀难以成调，但儿时乐此不疲，可以消磨大半天工夫。

家乡种柳的方法都是扦插，春天插柳的风俗，说是和介之推有关。介之推和晋文公一起流亡，割股疗饥。但重耳当了国王以后，却把介之推忘了，后来为了寻找介之推，火烧绵山，结果又把介之推烧死了。重耳很内疚，就让人在绵山遍插柳树，意思是留住介之推。人死岂能复生，后来插柳就演变为招魂了。我们家乡也有相同的风俗，制作招魂幡必须用柳木，坟茔掩埋时，把招魂幡插到坟的阳面，也是招魂的意思。

在我们老家，柳树的用途和别的树不同，不是用树干，而是用枝条。柳树要把头砍掉，所以叫砍头柳，让它长枝条，枝条长粗盖房时做椽子，细枝条可编筐编篮。可以一茬一茬轮番砍、轮番用，只把老树桩留下就行。有说这也是柳树名字的由来，留住老干，留住原根。

故园歌手

丁酉初春冯杰

说折柳

古人送别折柳，不折别的树枝替代，我想原因有二：一是柳、留同音，二是柳树自身的脾性。

先说第一个原因。柳、留同音，就给柳树赋予留的意义。离别时要相送，说明有感情，不管是亲人还是朋友，送别者都想挽留。挽留不住，只有惜别。黯然销魂者，唯别而已矣。别后难免相思，别者就看看手中的柳枝吧，就像亲人和朋友还留在身边。

再说第二个原因，可以分四层说。一是柳树是寻常树木，随处可见，送别之时随手可折，如果是别的树，你能随手折到吗？越是珍贵的树，越不容易寻找，柳树就在村边路口，是发生送别场景最多的地方，可以随手折取。二是柳树很容易栽植，适应性强。折柳相赠，祝愿被送别者无论到什么地方，都可以生存生长。到我国大西北，可以见到左公柳，就是左宗棠号召自己的军队种的，有首诗云："大将筹边尚未还，湖湘子弟满天山。新栽杨柳三千里，引得春风度玉关。"左宗棠让栽柳树，就是因为柳树容易栽植。三是柳树可以代表家乡，家乡都有柳树，看见手中的柳枝，等于看到了家乡，以解思乡之苦。四是柳树枝条柔软，好像人们离别的心情。《诗经》中有："昔我往矣，杨柳依依。"李白也有："此夜曲中闻折柳，何人不起故园情。"所以送别时折柳相赠，不能乱用别的树枝代替。

现在送别，连柳枝也不用折，有微信。依依别绪、绵绵相思，随便写。要是夫妻之间，特别是情人之间，只要有时间，路有多长，你就写多长。

樱　花

　　荥阳的樱花节，今年是第三届，因为负责旅游工作，每年开幕式都来参加。

　　我是比较喜欢樱花的。读高中时，课本中有鲁迅的《藤野先生》，鲁迅把上野的樱花形容为"绯红的轻云"，虽未实睹，但印象十分深刻。而今，这么美丽浪漫的花仙，居然绽放在眼前，着实高兴。

　　荥阳上樱苑五千亩面积，栽植了很多品种的樱花，花期分为早、中、晚。早期品种有东京樱、寒绯樱、河津樱等，中期品种有染井吉野樱、大岛樱、松月樱等，晚期品种有江户彼岸樱、山樱等。

　　最常见的品种就是山樱，白色为主，白里透红。有一种叫红粉佳人，开得娇艳欲滴，分外妖娆，不少人在树下照相。特别是少女站在树下，真个是人面樱花相映红。

　　樱花树下，开满了油菜花和二月兰，阵阵花香，也弄不清谁撒播的，是花的河，是香的海。

　　据考证，樱花原产中国，原产喜马拉雅山，后来流播到长江流域，一千多年前传到日本。秦汉时期在中国宫苑内已有栽培，唐时已进入寻常百姓家。白居易诗云："亦知官舍非吾宅，且掘山樱满院栽。""小园新种红樱树，闲绕花枝便当游。"

日本是把樱花当成国花的，每年的 3 月 15 日到 4 月 15 日是日本樱花节。樱花代表着希望和爱情，代表美好的春天，谁不喜爱呢？它成为日本的国花，没什么稀奇，只能说明日本人民也是爱美的。

听上樱苑的同志介绍，樱花不只供观赏，还可开发食品、药品、化妆品。说着，服务人员马上端来樱花酥、樱花糕、樱花馒头……品尝后，齿颊留香，沁人心脾，似乎荡涤去不少俗气。

有一首日本民歌《樱花》，很受小朋友欢迎，歌词是这样的：

樱花啊！樱花啊！

暮春三月天空里，

万里无云多明净，

如同彩霞如白云，

芬芳扑鼻多美丽。

快来呀！快来呀！

同去看樱花。

香　椿

春天来了，篱边的香椿发芽了，不几天就长成了椿头，颜色紫多青少，油汪汪的，勾引我的食欲。迫不及待地让妻摘些，做了盘香椿炒鸡蛋，吃得满口都是春天的气息。别人通过花草用眼看春天，用鼻子闻春天，我又加上用口品春天。

椿树是乔木，可作绿化用。分香椿和臭椿两种，古人称香椿为椿，称臭椿为樗。香椿能吃，臭椿不能吃，但臭椿我也吃过。把臭椿新芽摘下，用开水焯，再过一下凉水臭味基本消除，油盐调了即可食用。吃臭椿不是为了尝鲜，是那时候没东西吃，不得已而用来充饥。

香椿的吃法在家乡就一种，就是把香椿叶加盐捣碎，碎的程度不能过泥，可以加辣椒，也可以不加辣椒，看各人口味，密封在罐子里。吃时取出一些，淋点麻油，作早餐小菜，一辈子没吃烦过。

后来进了城，发现城里人也喜食香椿，只是吃法不同。香椿炒鸡蛋，在家乡也吃过，很少，总显得奢侈。城里人是吃个新鲜。还有香椿拌豆腐、香椿拌花生，都是同样的道理。

古人认为椿树是长寿树。《庄子·逍遥游》中有"上古有大椿者，以八千岁为春，以八千岁为秋"，后人遂以"椿龄"为长寿祝词。

小时候串门，看到人家堂屋墙上贴有"椿萱并茂"四字，不知什么意思，大人又不屑于理我们。什么时间弄明白的也忘了，反正很久之后。"椿"可以代指父亲，"萱"可以代指母亲。萱，一种香草，也叫忘忧，也叫金针，母亲的住室称萱堂。"椿萱并茂"指父母健康长寿。

母亲知道我爱吃香椿，我老家庭院里并没有香椿树，但她每年都想办法制一罐香椿托人捎来，吃着比城里的香椿香。祝父母椿萱并茂，身体康健。

芝 麻

河南是芝麻的主产区，在亚洲都数得上。芝麻作为一种油料作物，号称八谷之冠，榨取的油，有一种特别纯正的香味，是其他植物油无法比的。麻油生用熟用皆可，特别用麻油直接生调凉菜提味，别的油无法代替。咸菜腐乳、凉调蔬菜，如果不点几滴麻油，味道就逊色多了。麻辣羹汤，没有麻油提点，味道更是差远了。

大集体时，生产队里每年都要种植一定面积的芝麻，解决社员的吃油问题。小孩子都喜欢芝麻，它的蒴果不等完全成熟就可以摘了吃。芝麻蒴果是个四棱体，掰开后每瓣有两列麻籽，捉住一个棱，向后翻转到一定程度，猛地松掉，一列麻籽就可以弹射到嘴里。成熟的蒴果蒴嘴已经裂开，摘下时，要稳住劲儿，否则蒴果摘下来，麻籽已撒落得不剩几粒了，很令人丧气的。成熟蒴果摘下来，仰起脖子，从容地把麻籽倒进嘴里，咀嚼时满嘴香气浓郁，那叫个美！

我们小孩子和芝麻还有一番交道，偷芝麻叶。芝麻叶生产队不让摘，要想吃，只有偷摘。大人们不屑于干这事，再说也丢不起这人。几个小伙伴，商量时就直接说去偷芝麻叶，不说去摘，被逮住了，大人也只是吓唬几句了事。我琢磨其中的道理，只是摘点叶子，摘的不是果子。再是芝麻快熟了，摘几片叶子，不会影响产量。所以，就不那么认真对待。芝麻叶，摘时就有很油腻的感觉，摘回去用开水一焯，晒干。用途最多的就是做芝麻叶面条，有时也可以包包子，很香。现在城里不少大饭店，把芝麻叶面条作为一样重要主食招待客人。

过去农村缺医少药，每当肠胃不舒服，积食了，奶奶就会给我烙些焦饼，说吃了强胃。焦饼就是烙得很薄的面饼，沾上好多芝麻。现在有些饭店，也上这吃食，不知他们怎么老爱学我们。

我们当时偶尔随大人赶集，大冷天跑一清早，盼着能吃一个热烧饼。制作方法，一个倒扣的铁锅，下边燃上炭火，把饼贴在锅上烤熟，饼上用糖稀沾上芝麻，沾多沾少也是考量烧饼质量的一大因素。我们叫高炉烧饼，应该是烧饼中的佼佼者。讲究的人家是吃烧饼夹肉，穷户人家能干吃烧饼，已算不错了。

芝麻还有一种吃法，把芝麻炒熟，加盐捣碎，叫芝麻盐，或用馒头蘸着吃，或用烙馍卷了吃，或作捞面条调料，都可算是最佳配伍。

绿 豆

绿豆可是最常见的豆类庄稼，珍贵之处是用途广泛。作主食用，可以擀面条，烙煎饼，炸丸子，熬豆粥；作副食用，可以做粉皮，制粉丝，生豆芽。红薯也能做粉皮，那质量差远了。粉丝说明条很细，是绿豆做的，红薯做不了那么细，红薯做出来的只能叫粉条。绿豆发芽是菜，红薯要发芽就不能吃了。不是故意贬低红薯，这里主要是说绿豆，那不得多夸绿豆几句。

绿豆秧棵不高，一尺左右，绿豆田可一览无余。绿豆秧依次开花，依次结荚，所以成熟期不同，可分批次收获，也可最终一次性收获。绿豆荚果比较紧致，不易开裂。小孩子们喜欢的是饱而未黑的荚果，颜色还青着，摘下来直接吃，籽粒脆嫩，有一种特殊的鲜香。我们像一群贪食的鸟儿，跑到绿豆地里，摘绿豆角吃。见大人来一哄而散，大人一离开，又像麻雀一样飞回来了。绿豆秧棵低，再聪明的人也掩藏不住，大人来赶我们时，离好远已被我们发现，拔腿就跑，大人追不上，也未必真追。摘的绿豆角已吃到肚里，逃跑时没有任何负担，贼快。似乎一个秋天，大人和孩子之间都在玩这种游戏。

　　用绿豆面炸丸子，味道极佳。用绿豆面摊煎饼，味道也不恶。一次从奶奶那里讨得一角钱，约一个小伙伴去赶会。我们在人群里挤揣了一上午，饿得不行，手里一角纸币攥得快湿透了，一商量买煎饼吃。我们那里，会上卖煎饼，是提前摊好的，用个馍囤装上，放在自行车后座上，推着自行车满街叫卖。我怯怯地问，煎饼多少钱一张？五分。一紧张又问，一毛钱两张卖不卖？那人诧异地看了看我们，爽快地说：卖。成交，我们一人吃了一张煎饼。挤出人群，还舔着手上的油。小伙伴嗤地一笑，说：都夸你学习好，也就语文好点，算术扯淡。我问：咋？他答道：人家要五分钱一张，你问人家一毛钱两张卖不卖，傻种也会卖给你。我一想，拍着自己脑袋就地转一圈，悔之莫及。告诫小伙伴不准给别人说，并拉了钩，结果没几天，同学们都知道了。一直到高中毕业，我的数学成绩都不怎么样，几门课比起来，铁定弱项，考大学时数学只做对两道小题，吃了 14 分，想想小时候就有了征兆。

　　1985 年，到鹤壁市教育局挂职锻炼，机关没有食堂，其他食堂搭起来也不方便，于是经常上街胡乱吃饭，既不卫生，也不节省。挂职期满，市里很想把我留下工作，可是因为吃饭问题不好解决，我只得婉拒了。但是鹤壁宾馆有一道极普通的菜，使我终生难忘，就是芥末粉皮。那时开会都是桌餐，鹤壁宾馆的餐桌上，中间都放一大盘芥末粉皮。我的司机吴师傅，"文革"前是宾馆厨师长，当时掌勺的大部分是他的徒弟，常言道，熟人多吃四两豆腐，我们是多吃一盘粉皮。每次吴师傅一看粉皮吃完了，也不说话，到后厨再盛一盘过来。我问吴师傅，别处为什么做不出这种味道？他说：食材得好，粉皮必须是浚县纯绿豆粉皮，芥末必须是现焖的芥末。隔了多年，听鹤壁的同志说，你说的那个芥末粉皮恢复了。有次我去鹤壁出差，特意上了这道菜，餐具比原来精致多了，但味道怎么也赶不上原来的味道，说不清缺了些什么。

想起那两年的挂职生活，一道极普通的芥末粉皮，足以弥补吃饭上的不便，怎么不便早忘了，但还清晰地记着那里的芥末粉皮，好像昨天刚吃过，齿颊留香。

高 粱

高粱，那时候可是生产队种植的主要粮食作物，农民叫蜀秫。后来被玉米代替了，玉米杂交后，产量越来越高，高粱产量低，考虑特殊用途才种一点，几乎看不到了。直到莫言的小说《红高粱》被张艺谋拍成电影，人们看了电影才又想起了它。据说拍电影的高粱地，也是专为拍电影特意种的。

我对高粱没什么好印象，蒸出来窝窝颜色乌紫，一点都不鲜亮。刚出锅时吃还好些，凉了以后吃又粗又涩，一嚼满嘴跑沙，伸长脖子才能咽下去。如有可能，母亲总和其他面掺在一起做，豆子呀，玉米呀，红干呀，这样吃着软和些。

侍候高粱的活儿累。浇水、打

蜀秫叶、收割等我都干过。譬如浇水，要是别的庄稼，秆儿低，尽可以拣道走。高粱不行，秆儿比人还高，要钻进去才能作业。蜀秫叶长得横七竖八，刀剑一般，可怜衣服就要舍得皮肤，保护皮肤就别可惜衣服。如果舍皮肤，收工时身上会留不少剐割血痕。为让高粱高产，在成熟前的一段时间，要把中间几片叶打掉，以便养分都供到籽上。这活不但累，还特脏，发生过蚜虫的叶子，黏得粘手。收工时，手上、脸上、身上，像刚升井的煤矿工人。收高粱，我们叫砍蜀秫，既要力气，又要技术。弯下腰，夹胳肢窝一棵砍一棵，老把式揽一次能砍下七八棵。要是新手，有力气也不行，有三棵胳肢窝就把控不住了，高粱秆儿顺不成一个方向，你自己只好放下，重新开始，那效率就低多了。砍时也有技巧，镢头不能下得太高或太低，行家是看准寸口，用巧劲儿，把秫秸疙瘩砍一半剩一半，胳膊一甩，"咔"一声一棵。生手儿，用蛮力，镢头下低了，力没少用，还砍不掉，镢头下高了，蜀秫是可以砍掉，但非常容易砍伤自己，还留下个大秫秸疙瘩，给下季种庄稼添麻烦。

高粱秆儿，我们叫秫秸，可以织席。不吹牛，这手艺熟。高粱秆最上边一截儿，结穗子的部分，叫莛子，可以织斗笠，这活儿我也会，那时候不记得织过多少。莛子还有一个用处，当筷子使。端起碗了，一摸筷笼里没筷子了，院里垛着秫秸上撅根莛子，一折两节，用手一捋，随即当筷子使用。这家伙吃面条可以，夹菜时有缺陷，太滑。对付粉条、花生，常险象环生。夹好长时间夹不住东西，好容易夹住了，向嘴边慢慢移动，等张开嘴了往里送时又滑脱了。有时最后阶段急了些，听到筷子当一声碰到牙齿，却没吃住东西。如果都是自己人，免不了一场笑；如果是待客，场面就尴尬了。

小时候，如果玩疯了，不知爱惜庄稼。高粱秆儿长，适宜扎枪扎炮，学电影上打仗。把正长着的高粱，随意折断，一群孩子玩后，地里一片狼藉，如被大人发现，准得一顿好揍。小孩家，没记性，挨揍时哭得撕心裂肺，转眼就故态复萌。一玩起来，把挨打早忘到九霄云外。

听说现在种高粱，基本是酿酒用，说许多好酒，酿制时必须有高粱。早晚三五好友聚会，不免小酌几杯。这说明和高粱的缘分一直没断，还要念它的好才是。

花 生

花生真是个妙物，和人类生活的密切程度少有。可以概括为老少皆宜，男女皆宜，贫富皆宜，生熟皆宜，早晚皆宜，四时皆宜。

小时候，大人赶集上店，回来时能捎回一点炒花生，那真是大喜过望。走亲戚掂两毛钱的花生，用手帕一包，就不算寒碜。生产队有些年也种花生，从花生苗出土就开始盼，盼到成熟，几个月的煎熬，几回回梦里来到花生田，拔出花生，正要剥食，队长来了，梦惊醒了，断送了好口福。于是就恨队长，世事难料，后来自己当了队长，不知梦里该恨谁。

老年人只要吃得动，就可以吃，有营养，延缓衰老。有个本家爷，我记事时他已不在了。听人讲，他常年在外讨饭，在南阳一带看到人家正在刨花生，实在想吃，就走上前去，指着摊在地上的花生询问：这是啥东西儿，胖嘟嘟怪好看哩。花生。啥是花生？没见过。你们那里不种？俺北乡不种。又问：这东西有啥用？吃呀。噢，能吃。随手捡起一个，把土擦干净，一下带壳撂进嘴里就嚼。旁边的人赶紧阻拦，告诉他剥了壳才能吃。他把嘴里的带壳的花生吐掉，又剥一个吃了，边吃边夸好吃。人家觉得老人真可怜，一辈子没吃过花生，就一下给他装了半篮子。

在农家做客，最家常的菜，就是花生米。现在城里的高档饭店，要下酒不是海参鲍鱼，这些所谓八珍有时还比不上花生米呢。没参加过国宴，不知国宴上不上花生米。招待外宾不宜，用刀叉对着花生米咋整，用勺子舀又不雅观。花生米怎么说应该是给国人准备的，两个筷子夹一粒花生，熟练地送到嘴里，玩杂技似的，看着都艺术。

花生榨油不说了，花生的吃法不知有多少种。要生吃就生吃，要炸着吃就炸着吃，要煮着吃就煮着吃。用醋泡可以，用烤箱烤也行。但有生吃更有营养的说法。

花生的别名很多，有一个叫长寿果，寓意花生象征着延年益寿、平安幸福，象征着果实累累、事业有成。我们那里办婚庆有一个程序叫撒床，撒床的东西有大枣、瓜子等，但花生是必需的，这是祝新婚夫妇多生花生。花生棵拔出土时，带出一扑溜果实，是多生。不要只生男孩，也不要只生女孩，要儿女双全，是花生。计划生育搞得最严格的年代，撒床的婚俗既未被批判，也未停止。现在有了放开二孩的政策，不知多少家庭又像花生，变成儿女双全了。

板 栗

我在安阳当市委书记时，省委书记带几位厅局长去安阳检查工作，午饭就安排在办公楼机关食堂。

大家紧紧张张跑了一上午，去洗洗涮涮，一时人没到齐，还不好正式开饭。但每个人面前的小碟子里，放有两个板栗、两颗花生，权充餐前点心。

我正在忙着招呼客人落座，忽然，坐在我旁边的省委书记说："张广智，你就让吃这样的板栗？"我一看书记剥开的是一个坏板栗，立即喊服务员过来，想让赶快换一个，转念一想，现在已够窘场了，再换保不定还是坏的，就更尴尬了，转口教训服务员："咱林州产板栗，为什么不上？为什么非要上进口板栗？我告诉你们，进口的东西不一定靠得住。"

书记正严肃着，一听也笑了，说："对，对，以后有客人，就上你们的林州板栗，也趁机宣传了咱自己的农产品。"

我看气氛已缓和下来，高声宣布："人齐了，开饭。"然后指着桌上饭菜说："这可都是咱自己产的。"

有位老兄说："张广智，这道口烧鸡你自己养的？炒这鸡蛋是你自己下的？"

我顺手拿个鸡腿放他碗里，堵上嘴吧您哪！

窗口的丝瓜

门前有一片空地，妻退休了，没别的事干，除饲狗喂猫，就是侍弄这片巴掌大的地。

还别说，农村话有道理，种瓜得瓜，种豆得豆。妻种了四棵辣椒、四棵番茄、一棵南瓜、一棵丝瓜，没承想也呈现一院葱茏之象，餐桌上时而也有自种的辣椒和番茄吃，觉得味道比从菜市场买的好。那棵南瓜，长得游龙一般，生生把门口的一棵桂花树缠得面黄肌瘦，我几次要剪断树上瓜秧，都被妻严厉地制止。可我始终没见到结的南瓜在哪儿。

现在要说说那棵丝瓜。在辣椒、番茄登上餐桌的时候，时而也有鲜嫩的炒丝瓜，好吃，那鲜那嫩以前没吃到过。妻又用竹竿搭了瓜架，那棵丝瓜居然织成了瓜棚。除了吃掉的，居然还有两个大丝瓜骄傲地垂挂在瓜架，洋溢着丰收的喜气。

前段时间我出差一个星期，回来发现，我卧室靠东边的窗户，竟然有两条丝瓜秧凌空而上，还开有四五朵小黄花。我异常惊喜，须知我的卧室可是在二楼。我好奇，这丝瓜是怎么爬上来的呢？更可喜的是，不几天挨着窗台又结了个丝瓜。它太有智慧了，丝瓜长大了，恐瓜秧禁不住，故意把果实结在靠窗台处，让窗台帮助承护自己。我把惊喜告诉了妻，妻说摘吃了吧，我立即表示坚决反对。我开玩笑说，保不定会演绎个聊斋故事呢。妻说，好啊，明天开始这饭我可不做了，让你的狐狸精做吧。

现在窗口的丝瓜，已长有尺许，上半截悬在瓜秧，下半截卧在窗台。每天早晨起来，第一件事就是打开窗帘看那丝瓜，它总能给我绿意，给我欢喜，给我涤烦拒嚣，我像沉浸在一首美丽的田园牧歌里。

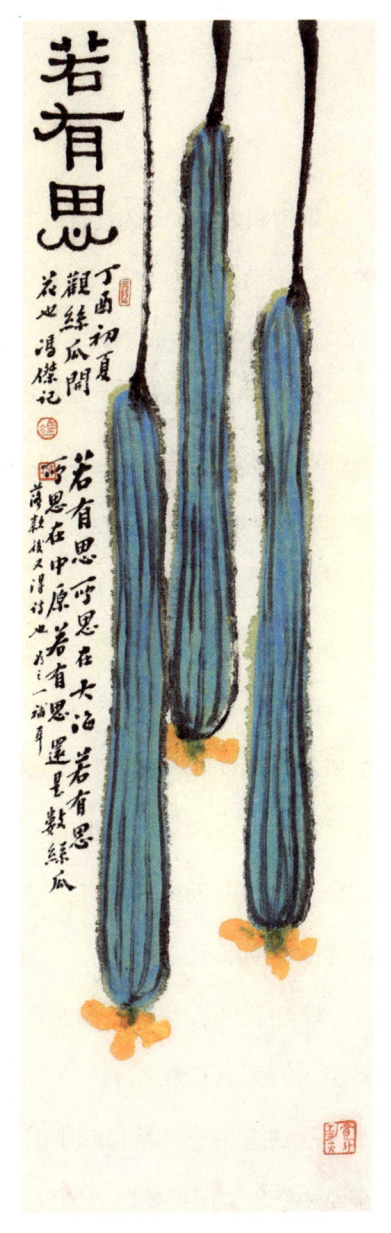

牵牛花

查资料发现，牵牛花和狗儿秧花并不是一种植物。小时候分不清，现在也分不清。我们统叫狗儿秧，开的花我们叫狗儿秧花，或叫喇叭花。

狗儿秧家乡的田野上随处可见，不开花时薅了喂羊，等开花了不忍心薅了。喇叭花清早最好看，鲜艳艳的，粉嘟嘟的。姑娘们摘了插在头上，立即增加了很多水灵劲儿。

牵牛花的颜色，有红的、白的、紫的。大部分喇叭根部是白色，喇叭口部是红色或紫色。

还有一种矮牵牛花，属于茄科，叫碧冬茄。因为是杂交植物，品种花色都很多。矮牵牛花很繁盛，花期又长，我见有些城市用来装点街道。还见有些城市把它固定在路灯杆腰上，白天路灯不亮，灯杆上的矮牵牛开得鲜亮，花团锦簇，平添不少光彩。

牵牛花适应性强，容易栽培，彩色的小喇叭，随时准备给人们奏出天籁之音。

看到牵牛花，就想起小时候，一群孩子，扡着篮子，拿着小铲，去田野薅草的场景，什么牛草、稗草、蔓蔓芽、爬地龙等，篮子满了，就开始玩各种游戏，兴趣盎然。那时吃饭勉强止饥，穿衣差堪御寒，但我的童年，现在回忆起来，也是快乐无比的金色童年呀！

郁金香

今年的郁金香又应时开了。

郁金香的栽培，是比较讲究技术的，也比较讲究规模。郁金香三朵两朵，三盆两盆，或者只一个品种，一种颜色，都看不过瘾。要看，就看那开成花海的，一大片红的，一大片白的，一大片黄的，一大片粉的，一大片紫的。论形状，有像碗的，有像钟的，有像杯的，有流苏状的，有漏斗状的。郁金香不适宜混种，最好是一个品种一个区域。

郑州的郁金香也是集中在几个公园里，据说以绿博园的为盛。星期天，约几个朋友去赏花，去看郁金香，这也是以往少有的雅致。到底不是老玩家，昨晚看天气预报今天有雨，准，小雨。但出发时竟忘了带伞。到郁金香花圃，发现赏花的人很多，有老有少，有情侣的，有全家的。认真端详的有，忙着照相的多。因为雨小，带伞的虽多，撑开的很少。

名不虚传，绿博园的郁金香，真成了花海，满地满坡的，一片连着一片，只是不断变幻着颜色。每一片的品种，都挂有纸签：夜皇后、白色梦幻、黑钻石、梦境、中国粉、芭蕾舞女、天使、王冠等。花圃周围还开着日本晚樱和深红碧桃，草花与树花交相辉映，五颜六色的十分绚丽。

郁金香风靡全世界，这是其他花难以企及的。在欧洲郁金香被称为魔幻之花，甚至说谁轻视了郁金香，谁就冒犯了上帝。在欧罗巴大地上，演出了一幕幕有关郁金香的人间悲喜剧。郁金香在世人眼里，象征着财富，象征着权力，也象征着爱情。在欧洲流传着这样一个故事：三个勇士同时爱上了一个美丽的姑娘，为了表达爱情，有个勇士送姑娘一顶皇冠，有个勇士送姑娘一柄宝剑，有个勇士送姑娘一堆黄金。三个勇士都很优秀，姑娘对他们印象都很好，取舍犯难，于是求助花神。花神帮姑娘把皇冠变成了花蕾，把宝剑变成了茎叶，把黄金变成了球根，这就是艳冠群芳的郁金香。郁金香是荷兰的国花，每年的鲜切郁金香花出口量，占世界总量的百分之八十。这个美丽的姑娘的舞姿，跳到了 120 多个国家和地区，跳遍了全世界。

在古罗马的神话中，郁金香是布拉特神的女儿，秋神贝尔滋努一厢情愿地恋慕她，但她却不爱贝尔滋努，为了避免纠缠，请求贞操之神迪亚娜，把自己变成一株郁金香。所以郁金香象征着贞操，象征着纯情。

大仲马有一本很著名的小说《黑郁金香》，写的是以

17 世纪荷兰资产阶级革命为背景的动人故事。主人公贝尔勒本是个完全不问政治的青年医生，因爱好和培育郁金香而蒙冤入狱，结果和看守的女儿萝莎相识相爱，共同培育出了黑郁金香，并喜结良缘。

还有一部法国经典电影《黑郁金香》，讲述的也是一个以法国大革命为背景的故事。吉尧姆伯爵化身为神奇侠客"黑郁金香"，劫富济贫，为民请命，但只是为了一己私欲。孪生兄弟朱利安，以"黑郁金香"名义出现时，才真正是与民众一起战斗的英雄。兄弟二人共同谱写了一曲英雄神话。

我国唐朝大诗人李白的诗《客中行》直接言及郁金香："兰陵美酒郁金香，玉碗盛来琥珀光。但使主人能醉客，不知何处是他乡。"据说制作这种酒的是一种姜科植物，可以增加酒的芳香和色泽，李白肯定认为，金黄的琥珀光色，就是郁金香的颜色。

我国西北地区，广泛分布着野生郁金香，多生长在荒山丘陵，俗名老鸦瓣，也叫新疆郁金香。

二月兰

　　在郑州绿博园，看到树下开着大片的二月兰。一个多月前，发现它开着，眼下它仍然不知疲倦地开着。这使我想起宗璞先生的《送春》："迎春人人欢喜，有谁喜欢送春？忠心的、执着的二月兰没有推托这个任务。它迎春来，伴春在，送春去。"

　　二月兰不择地而生，可以是公园，可以是路旁，也可以是河边。最令我钦佩的是它的谦逊，单纯种二月兰的很少，一般种在较稀疏的林下。如果不种上二月兰，任其杂草丛生，似也正常，但有二月兰在，情景大有不同。单株看是那么纤弱，单花看是那么朴素，成片地看，它能开出波澜声势，开出蒸腾紫气。它无意去与身边的树比高，也无意像藤类植物去折节攀附。自笑春风，自沐春雨，熙然小康之民，自得其乐。

　　民间有关于二月兰的传说。二月兰叶茎皆可食，易种易活，过去是农民非常喜欢的蔬菜。据说诸葛亮在隆中时就种二月兰，对二月兰的生长习性和用途十分了解。后来当了蜀国丞相，经常行军打仗，为补军粮不足，号召人们广泛种植二月兰。所以人们也把二月兰叫诸葛菜。其实它还有两个名字,一个叫紫金草,一个叫菜子花。

二月兰是十字花科,虽然名字带"兰",实不属兰。兰花是众香国里的贵族,二月兰是平民,是小家碧玉。兰花有骄娇之气,很难侍候。今年春节,朋友要送我两盆珍贵兰花,我婉拒了。不是不想浸润那王者之香,而是怕以我的懒散脾性,侍候不了,养坏喽。

但站在二月兰旁就不同了,看那无数随风振翅的蓝蝴蝶,盎然春意,扑面而来。无浇水施肥之劳,有目视耳闻之娱,我真的有点偏爱平民化的二月兰。这里是谁在打理呢?周遭瞧瞧,只有游春的人们,没有发现一个园丁,想请教一点有关二月兰的知识而不得。

连 翘

上班路上，经过儿童医院门口，发现有几簇盛开的连翘，一片耀眼的金黄。因为连翘是一味用途广泛的中药，具有清热解毒、散结消肿的功效，把它种植在医院门口再相宜不过了。

连翘也是春天的花卉，和迎春花期花色又近似，很容易弄混。这两种花我都喜欢，加上现在时间从容，就动了认真观察区别一番的心思。

迎春花一般为六瓣，很少结果。连翘一般为四瓣，结果较多。迎春花枝条弯拱下垂，呈灌木状，但内腔充实。连翘枝条挺拔高耸，略呈乔木状，但中空无髓。迎春花淡雅素馨，连翘花艳丽药香。

关于连翘还有一个美丽的传说。岐伯是黄帝的医官，中医四大经典之一的《黄帝内经·素问》，就是黄帝和岐伯讨论医术的著作。医圣张仲景的《伤寒论》就是在《黄帝内经·素问》的理论基础上发展而来。《黄帝内经·素问》序中说："乃与岐伯上穷天纪，下极地理，远取诸物，近取诸身，更相问难，垂法以福万世。"可见岐伯有中医始祖的地位。

在郑州新密市有座岐伯山，上有岐伯墓，墓东有一条沟叫大臣沟。每逢春天，漫山遍野盛开连翘，一派堂皇明丽。传说岐伯当年带着孙女连翘，在此沟中采药，在品试一种药草时中毒昏迷，断续呓语，一直喊连翘。连翘看到爷爷口吐白沫，不省人事，想求人帮忙，但沟里除了爷孙俩，看不到半个人影。连翘随手捋一把草叶，揉碎塞进爷爷嘴里，过一会儿爷爷居然醒来。岐伯回味着嘴里苦苦的味道，问孙女给他吃了什么，连翘指了指身边一种灌木，以后人们就把这种能治病的植物叫连翘。这样看，连翘可是中医始祖岐伯的孙女呢。

儿童医院门前种连翘，真是有心人所为。小孩子发烧感冒，去看病，先看到金灿灿的连翘，病还不先好了一半去。

海 棠

　　每天上班要走金水路，有些路段多植海棠。海棠过去很难一见，现在上下班都可以看到，真是福分。

　　金水路上的海棠，是名贵的西府海棠。据有人考证，西府海棠原产地陕西宝鸡，宝鸡历史上称西府，故称西府海棠。现在也是宝鸡市花。西府海棠，身姿挺拔，亭立如少女。花欲开时，先在嫩叶间冒出一个豆粒般大的红骨朵；绽放时，花瓣正面呈粉红，背面呈深红，娇艳无比。真当得起"花中神仙""花贵妃"的美称。

　　明代《群芳谱》把海棠分为四品，除了西府海棠，还有垂丝海棠、木瓜海棠、贴梗海棠。说有文人喜欢海棠，只恨海棠无香。殊不知产自四川的蜀海棠是有香气的。唐代贾耽《百花谱》记载："海棠为花中神仙，色甚丽，但花无香无实。西蜀昌州产者，有香有实，土人珍为佳果。"南宋地理学家王象之《舆地纪胜》的《静南志》载：昌居万山间，地独宜海棠，邦人以其有香，颇敬重之，号海棠香国。后来嘉州即现在的乐山，因州治枕海棠山，也称海棠香国，但要比昌州晚得多。按现在行政区划来说，昌州属乐山市大足区，乐山再称海棠香国就没什么先后之别的争议了，所以海棠也自然成了乐山的市花。

海棠在我国有悠久的栽培历史，它渗透了我们的生活，也渗透了我们的文化。《诗经》中吟咏的木瓜，就是海棠的倩影。风流天子唐明皇，在沉香亭召见杨贵妃，贵妃睡眼蒙眬，酡颜残妆，鬓乱钗斜，明皇笑指：岂妃子醉，直海棠睡未足耳！这就是海棠春睡的来历。蜀人张大千，晚年在台北绘有一幅赠友人的《海棠春睡图》，设色艳丽，姿态娇媚。并题诗：锦绣果城忆旧游，昌州香梦接嘉州。卅年家国关忧乐，画里应嗟我白头。诗画都充溢着对家乡和友人的思念之情。

说起海棠，难免又想起另一个蜀人苏东坡，他那首海棠诗，可是技压群芳："东风袅袅泛崇光，香雾空蒙月转廊。只恐深夜花睡去，故烧高烛照红妆。"据有人考证，苏东坡的海棠诗，写于遭贬黄州时，黄州海棠可能无香，但家乡海棠有香。眼前高烛照看的黄州海棠，但想的还是家乡海棠，否则哪有空蒙的香雾呢？苏东坡四川眉山人，眉山原属乐山（古嘉州），地道的海棠香国人。说不定就是因怀念家乡的海棠，才有夜烧高烛之举呢！

紫 荆

郑州可不止紫荆山公园有紫荆花，清明前后，道路两旁，大街小巷，都可以看到大片的盛开着的紫荆花。

紫荆花开时，枝条上不择处而发，开得挤挤攘攘，开成一条花棒，好像一群女孩子在那里扎堆嬉戏，热闹非凡。大片紫荆盛开时，远远望去，载浮载沉地缥缈着一汪紫气，给人以浓烈的春天气息。

紫荆紫得纯粹，开紫色花，结紫色籽。籽小如珠，故又名紫珠。紫荆在城市作为灌木花丛，野外也有生长成高大乔木的。

紫荆花，被人们称作家庭和美之花、骨肉相亲之花，这和一个传说故事有关。南朝吴均《续齐谐记》载：京兆尹田真与其弟田庆、田广分家时，所有财产分净后，还剩院内一株正开花的紫荆，三兄弟商量，把树截为三段，各分一段。第二天早晨，三兄弟一起去砍树时，忽然发现紫荆树已经枯萎，花落满地。田真见状，对两个弟弟说：树本同株，闻将分斫，所以憔悴，人不如木也。三兄弟为紫荆所感动，不再分家，和睦相处，其乐融融。紫荆树似通

327

人性，也恢复了生机，花繁叶茂。以后人们就用紫荆来比喻兄弟。

紫荆花是中国香港特别行政区的区花。香港回归时，中央人民政府赠送特区政府的礼品，就是一尊青铜雕塑"永远盛开的紫荆"。香港的紫荆，叫洋紫荆，也叫红花紫荆，又名红花羊蹄甲。这种紫荆，五片花瓣，分布均匀。花色有红色，有紫红色。树经年常绿，是适宜香港的珍贵苗木。虽然名字中有个"洋"字，但不是舶来品，原生地就是香港。它先是被一个法国神父在野外发现，后来移植到市内，繁衍开来。

把紫荆花作为香港的区花，寓意深远，它象征着中华大家庭的和美，象征着香港和内地的骨肉亲情。

休而不退（代后记）

我是 1957 年 1 月生人，今年换届年龄正巧切到 1957 年 1 月。但离正式办理退休手续还有两年多时间，大家把这种状态称为"休而不退"。

休而不退，首先要休。你不休让现职班子很难办，开会喊不喊你，给你安排不安排工作？你当然还是省政协委员，但已不是省政协副主席。你要参加会议，是让你坐台上，还是让你坐台下？让你坐台下，你是老领导，让你坐台上，位置怎么摆？所以休而不退，首先做好休字文章，好好休息，认真休息。只是按照省里主要领导的安排，还得与政府分管旅游工作的领导同志一起，继续操点旅游工作上的心。

休而不退，那就是未正式退休，那就是还在岗。在岗就要有在岗的状态，就要按在岗要求自己。早晨按时起床，可以去办公室读书看报，也可以去锻炼身体。新来的刘主席找我谈话，征求意见，我向他表态，我虽不在班子了，但还是在职干部，有什么需要我做的事情，尽可以安排，我一定会努力完成任务。这是做好未退的文章。

领导很关心，问适应不适应。我说，适应。以前没退过休，也没退休经验，就好像长期坐着桑塔纳跑长途，既担心车不好，又担心路不平，整天处于紧张状态。现在好像一下子换成了奥迪，适应快着呢。领导说，要记住，你可是还在岗哟。那是，那是！

在这种休而不退的状态下，还真有两种心情可以说说。一是不舍。参加工作四十多年了，工作岗位换了不少，也从一个农民的儿子成长为副省级干部，回忆起来，真不记得休过什么假，好像一直都处于紧张的工作状态。猛一下退下来，还真有一种舍不得，放不下，心里空落落的。二是轻松。回顾过去走过的路，检点干过的工作岗位，不能说没有遗憾之处，但总的说，不愧天地，不负组织，不诈人民，不累家人。这样退下来岂不轻松。

退以前好像只听课，不写作业，可以找的理由是工作忙，现在这个理由没了。那就做点作业吧，于是就写了这些不成样子的文字，质量好坏不说，总算聊胜于无，自忖比总不交作业的学生强些。

我之前出过一本小书，叫《稼穑集》，是孙广举老师、王守国、邵丽写的序，这三个人在河南文化界的名气大了去了，所以当时开玩笑，我的诗不要读，只读序就行了。

这次原本也想排这个阵势，因孙老师眼疾无法阅读指谬，就请王守国、邵丽两人作序以壮胆，两位都欣然命笔，令我感动不已。感谢著名作家冯杰为本书绘写插图。感谢全国书协副主席宋华平兄题写书名。感谢大象出版社王刘纯、李建平同志，博雅文化集团曹永彬、程青梅、马一飞同志在本书出版过程中给予的帮助。

上次《稼穑集》取开篇一首诗里的两个字做了书名，这本书扯得更宽更广，没有一个合适的名字可以概括全部意思，偷懒取开篇文章的标题作书名，就叫《豫东 豫东》，也算聊慰乡思。

张广智

2018 年 12 月 30 日